네 번째 순간,
스페인

네 번째 순간, 스페인

© 송준호, 2022

1판 1쇄 펴낸날 2022년 9월 25일

지은이 송준호
총괄 이정욱 **편집·마케팅** 이지선·이정아 **디자인** 조현자
펴낸이 이은영 | **펴낸곳** 도트북
등록 2020년 7월 9일(제25100-2020-000043호)
주소 서울시 노원구 동일로 242길 88 상가 2F
전화 02-933-8050
팩스 02-933-8052
전자우편 reddot2019@naver.com
블로그 blog.naver.com/reddot2019
인스타그램 @dot_book_
ISBN 979-11-971956-7-9 03810

네 번째 순간,

스페인

송준호 글·사진

또또북

차 례

꿈을 이루는 순간이었다. 그토록 아끼고 아꼈던 스페인에서 절절하게 사랑했던 유럽 생활을 마무리하는 것. 새로운 시작과 끝맺음이 겹치는 시점에서 줄곧 스스로 해왔던 약속을 지키기 위해 난 길 위로 나섰다.

긴 여정을 함께할 짐꾸러미를 하나둘씩 배낭 속에 넣는데 카메라가 눈에 들어왔다. 머릿속은 고민으로 엉킬 대로 엉켜버려서 잠시 모든 걸 내려놓고 한참 동안 카메라를 바라보았다. 머리는 길을 걷는 데에 집중할 수 있도록 카메라를 잠시 내려놓으라 하고, 가슴은 고민조차 필요 없는 고민이라 한다. 아직도 이런 고민을 하는 내 모습이 문득 부끄러웠다. 결국 카메라에 배낭 한구석의 좋은 자리를 내어주고는 나 자신에게 말했다.

'그래, 이제 사진과 분리할 수 없는 삶을 살고 있잖아.'

2년이 넘는 시간을 함께한 짐들을 한국에 보내고, 처음 유럽으로 떠나왔을 때처럼 배낭만 남긴 채 시간의 향기가 짙게 밴 방을 나섰다.

　스페인 순례길의 여정이 끝나면 잠깐 돌아오겠지만, 곧 작별 인사를 해야 하는 내 공간, 나의 방을 바라보는 마음은 공항으로 향하는 택시 안에서 바라본 프라하의 풍경처럼 흐릿해져 갈 거라는 생각에 감정이 묘했다. 이젠 현지인이 아닌 이방인으로 바라봐야 할 프라하, 처음이자 마지막이 될 수도 있는 스페인, 마치 헤어질 걸 이미 알고 있음에도 관계를 시작하는 느낌처럼 공항으로 향하는 이 길이, 나는 설레면서도 짙은 아쉬움에 잠겨 있었다.

　하지만 내 다리는 이미 탑승구로 향하고 있었고, 내 손엔 봐도 봐도 끝이 없는 순례길 정보로 가득한 핸드폰만 쥐어져 있을 뿐이었다.

　난 스페인으로 향하고 있다.

CHAPTER 1 /

사랑과 현실

산티아고 순례길 여정은 시작부터 혼란스러웠다. 길의 시작점인 이룬(Irun)으로 가기 위해서는 먼저 빌바오(Bilbao)로 향하는 비행기에 오르고, 버스 터미널로 이동한 다음 다시 시외버스를 타야 한다.

내게 첫 스페인은 마드리드도 바르셀로나도 아닌, 순례길이 아니었다면 쉽게 가지 못했을 빌바오란 도시였다. 어색한 듯 어색하지 않은 스페인어가 내 주위를 가득 채우고 있었고, 나는 어느 순간 도심 버스 터미널까지 가는 버스표를 쥐고 있었다. 버스 창밖으로 보이는 주말 빌바오의 도시 풍경은 적절히 어둑한 구름이 낀 하늘의 분위기가 더해져 조용하고 우울한 분위기를 내뿜고 있었다.

버스 탑승 시간까지 여유가 있었다. 터미널 근처에서 잠시 쉴 곳을 찾다 〈HAPPY〉라는 카페로 발걸음을 옮겼다.

크지 않은 카페 내부는 마을 이웃처럼 보이는 사람들의 편안하고 잔잔한 모습으로 가득했고, 따뜻한 온기를 품고 있는 곳이었다. 카페 사장님은 낯선 듯 편안한 눈빛과 미소로 나를 반겨주었다. 난 배낭을 내려놓고 바에 앉아 스페인에서의 첫 커피를 주문했다.

카페 안을 둘러보다 옆자리에 앉아 있던 여성과 몇 번 눈인사를 주고받았다. 낯을 가리는 난 애써 다른 곳으로 눈길을 피해 봤지만, 그녀의 호기심 가득한 시선을 피하기는 쉽지 않았다. 관광객이 많지 않은 이 마을에 큰 배낭을 메고 들어온 동양인이 신기했던 걸까? 그녀는 스스럼없이 내게 어딜 가는지 물었다. 나의 스페인어 대답에 그녀는 깜짝 놀란 눈치였다.

잠시 멈칫하더니 그녀는 내가 어디서 왔고 어떻게 스페인어를 하는지, 그리고 어떻게 순례길을 걸을 생각을 했는지 물었고, 갑작스럽지만 한껏 들뜬 채 우리의 대화가 이어졌다.

그녀의 이름은 '야니'. 베네수엘라에서 왔다고 했다. 콜롬비아에 있었던 내가 괜히 가깝게 느껴진다는 그녀의 말에 난 언제나 그렇듯 잠시 그때의 시간 속으로 돌아가는 경험을 한다. 내게 콜롬비아는 삶의 가치관을 완전히 뒤바꿔 놓은 곳, 마음 한 켠에 깊게 자리 잡고 있는 장소이다.

그녀와의 대화, 우리의 대화를 들어주는 카페 사장님, 몇 테이블 뒤의 사람들 소리와 바깥 풍경은 온전히 이 공간에 내가 들어와 있음을 느끼게 했다. 순례길을 걷기 전부터 좋은 사람들을 만나 좋은 시간을 보내고 있음에 감사함을 느꼈다.

그녀는 바 위에 올려진 카메라를 가리키며, 무거운 카메라를 들고 가려는 이유를 물었다. 그 질문에 대답하는 게 생각보다 쉽지 않았다.

언제부터인지 내겐 너무나 당연하고 자연스러운 걸 그 자체가 당연하지 않은 누군가에게 설명한다는 게 참 어렵게 느껴진다. 마치 밥을 왜 먹냐는 질문을 받는 느낌이라고나 할까.

"사진을 하고 있어서요."

어렵게 고민하고 고민해서 내놓은 나의 답변은 단순했다. 더 이상 다른 말로 설명할 수 없었다. 난 내가 계획한 '순례길 프로젝트'에 대해서도 이야기를 꺼냈는데, 바 뒤에 서 있던 카페 사장님은 어느 순간 우리의 대화에 참여해 내 이야기를 흥미로운 듯 곱씹으며 듣고 있었다. 문득, 이렇게 내 이야기를 흥미롭고 재미있게 들어주는 이 두 사람이 첫 번째 인터뷰 주인공이 되었으면 좋겠다는 생각이 들었다.

난 먼저 그녀에게 인터뷰를 할 수 있는지 물었고, 그녀는 흔쾌히 허락했다. 그렇게 나의 첫 인터뷰가 순례길을 걷기도 전에 시작되었다.

"당신은 꿈이 있나요?"

"음…."

그녀는 열은 미소를 지으며 잠시 생각하더니 멋쩍은 듯 대답하기 시작했다.

"너무 오랜만에 받아보는 질문이라 어떻게 대답해야 할지 잘 모르겠어요. …사실 꿈이란 단어조차 잊고 살고 있었던 것 같아요. 하지만 지금 당장 떠오르는 건, 저도 순례길을 걸어 보고 싶다는 거예요. 스페인에 살고 있지만 일하느라 정신이 없고, 어떻게 이곳에서의 삶을 유지해야 할지 고민하는 데 바쁘다 보니 순례길에 대한 생각은 말 그대로 꿈으로만 간직한 채 살고 있거든요. 여유 시간을 만들고 여행을 위한 자금을 만드는 게 생각보다 쉽지 않아요. 한 번씩 카페에 있다 보면 당신처럼 큰 배낭을 메고 순례길을 준비하는 사람들을 종종 보는데, 매번 언젠가는 꼭 그 길을 걸어보고 싶다고 생각하곤 해요."

그녀는 대답과 동시에 순례길을 걷기 위한 시간과 비용에 대해 구체적으로 물어보며 쉽지 않다는 표정을 지었다. 그녀는 다시 내게 말했다.

"시간도 시간이지만 비용 문제가 큰 거 같아요. 아직 여유 자금을 만들 정도로 돈을 벌지 못하고 있어서, 행동으로 옮기는 데 더욱더 어려움을 느끼는 거 같아요."

그녀는 갑작스러운 질문을 받고도 솔직하고 진지하게 대답했다. 그녀가 마주하고 있는 현실의 벽이 그녀의 꿈을 막고 있는 것만 같았다. 나는 도움을 주고 싶다는 마음에 조심스레 내 생각을 들려주었다.

"야니! 순례길을 어떻게 걷는지에 따라 비용과 시간은 많은 차이가 있는 거 같아요. 어쩌면 당신이 산티아고까지 무조건 걸어야 한다는 고정관념 때문에 어렵게 느끼는 것일 수도 있겠다는 생각이 들거든요. 산티아고까지 완주하면 물론 좋겠지만, 많은 사람이 시작점부터 목적지까지 걷기보단 각자의 상황에 맞게 이 길을 걷는다고 생각하거든요. 꿈이란 게… 한 번에 이뤄야 하는 건 아니니까요."

그녀의 문제를 해결할 수 있는 능력이 나에게 없음을 이미 나 자신도 알고 있었다. 감히 해결하려 했다는 생각 자체가 좀 부끄럽기도 했다. 하지만 나의 한마디가 어쩌면 그녀에게 작은 희망이라도 줄 수 있지 않겠냐는 오만한 생각으로 그녀에게 오지랖을 부려버렸다. 하지만 다행이라고 해야 할까. 그녀는 좀 더 밝은 미소를 지었고, 우리의 이야기를 듣고 있던 카페 사장님 레네는 마치 어린아이를 놀리듯 유쾌하게 웃으며 그녀에게 말했다.

"제가 계속 말했잖아요. 일단 길 위로 가서 걸어 보기만 하라고요!"

알고 보니 레네는 여러 차례 순례길의 경험을 통해 산티아고까지의 완주가 중요한 게 아니고, 길 위에 나서는 것 자체에 큰 의미가 있음을 그녀에게 자주 얘기했었다고 한다. 그녀는 나와 사장님으로부터 비슷한 말을 들은 게 신기하다며 한참을 웃다가 다시 내게 물었다.

"그럼 정말 주말 동안만 걸어봐도 괜찮을까요? 길 위에 서 보라는 말을 자주 들었지만, 오늘 당신한테까지 같은 이야기를 들으니 이젠 정말 한번 걸어봐야겠다는 생각이 들어요."

되돌릴 수 없는 말을 내뱉고 뭔가 얹힌 듯한 기분이 가라앉은 느낌이었다. 그녀의 긍정적인 반응으로 내 오만한 행동이 불편함을 주지 않았다는 안도감, 그리고 감히 나의 한마디가 선한 방향으로 다른 누군가에게 조금이라도 영향을 주었다는 사실이 감사했다. 우리는 각자의 순례길은 어떨지 같이 상상하며 그녀는 맥주잔을, 나는 빈 에스프레소 잔을, 카페 사장님은 와인잔을 들어 부딪쳤다.

카페 창밖으로 굵은 빗줄기가 내리기 시작했다. 날은 더욱더 어두워져 카페 안의 조명은 하나둘씩 공간을 은은한 주황빛으로 채우기 시작했다. 난 레네에게도 인터뷰를 부탁했다. 그는 인터뷰에 응하면서 내게 이 프로젝트의 목적이 무엇인지 먼저 묻고 싶다고 했다.

예상하지 못했다. 내가 질문을 받을지는. 계속 예상하지 못한 방향으로 흘러가는 우리 셋의 대화는 누구 하나 지루할 틈이 없었고, 서로가 서로에게 집중하고 있었다. 난 내 생각을 들려주었다.

"사실 전 다양한 삶의 모습을 사람들에게 보여주고 싶다는 생각으로 이 프로젝트를 기획하게 되었어요. 우리는 세상에 유일한 존재라는 걸 스스로 다 알면서도 사회 속에서 살다 보면 인생의 방향이 타인에 맞춰진 길로 바뀌기도 해요. 주변의 눈을 의식하지 않고, 대다수와 다른 길을 걷는다는 것에 대해 용기가 부족한 거겠죠. 이젠 사회가 원하는 모습으로 맞춰가며 살아가는 게 당연시되어버린 현실에 살고 있다는 느낌을 받았어요. 내 삶의 주체는 나인데, 그 주체가 흔들리거나 모호해지는 느낌이랄까요.

저를 포함한 현대사회 속에 사는 사람들에게 현재 우리의 선택이 틀리진 않았는지, 정말 내가 원하는 인생의 모습이 현재의 모습인지 다시 한번 물어볼 수 있는 시간을 만들고 싶었어요. 함부로 누군가의 인생이 맞고 틀리다고 말할 수는 없지만, 적어도 다시 한번 내가 걸어왔던 길과 지금 걷고 있는 길에 대해 진지하게 바라볼 수 있는 시간이 있으면 좋지 않을까 생각했죠.

단순히 제 생각과 경험으로 이야기를 건네는 게 아니라 순례길에서 만난 다양한 사람들의 이야기와 모습을 보여주고 싶어요. 순례길에 오는 사람들은 대부분 삶에 대해 깊은 생각을 하러 온다고 하죠. 이들의 이야기와 모습이 사람들에게 조금 더 직접적으로 와닿는 이야기가 될 거라고 생각해요. 전, 그냥 최대한 많은 사람이 진정으로 만족하고 행복한 각자의 삶을 살았으면 좋겠어요."

레네는 내 이야기를 듣는 내내 속을 알 수 없는 표정을 짓고, 팔짱을 낀 채 턱을 만지작거리길 반복하다가 마침내 미소를 지었다.

"좋아요. 그럼 이제 저에게도 질문해 줄래요?"

그가 내 이야기를 듣고 말을 꺼내기까지 걸렸던 시간은 사실 내겐 수많은 생각이 스쳐 지나간 시간이기도 했다. 혹시 내가 생각한 이 프로젝트가 가볍게 느껴지진 않을까. 혹시 내 생각이 잘못 전달되지는 않았을까 하는 걱정이 있었다. 하지만 자신에게도 질문해 달라는 말은 한껏 긴장되어 있던 나를 진정시키기 시작했다.

"레네, 당신은 꿈이 있나요?"

그는 이미 내가 어떤 질문을 할지 알고 있었음에도 생각에 잠긴 듯 보였다. 그리고 이야기를 시작했다.

"전 '무조건적인 사랑'을 배우고 깨닫는 게 꿈이에요."

무조건적인 사랑? 신선하다 못해 상당히 충격적인 답변이었다.

"비단 연인뿐만이 아니라, 우리가 살아가면서 관계를 맺는 모든 사람과 특정 사물 또는 장소와 사랑에 빠지는 듯한 느낌을 받아요. 제가 정말 사랑하는지 한층 더 깊이 생각해 봤을 때, 항상 보일 듯 보이지 않는 이유나 조건이 존재하더라고요.

하지만 제가 생각하는 진정한 사랑은 조건 없이 주는 사랑이라서 아직 전 사랑을 하기에 멀었다는 생각이 들곤 해요. 무의식적으로 계속 이유와 조건을 찾는 건 제가 생각하는 진정한 사랑이 아니니까요.

그래서 계속 자아 성찰을 하면서 제가 생각하는 절대적인 사랑, 무조건적인 사랑을 배우고 깨닫는 게 꿈이에요. 이게 당신의 질문에 답변이 되었으면 좋겠어요."

다시 한번 충격이었다. 사랑이란 어렵기 그지없고, 함부로 정의 내릴 수 없는 거라고만 막연하게 생각했지, 이렇게까지 깊이 생각해 보진 못했던 거 같다.

내 나름대로 사랑이 존재한다고는 생각했지만, 사랑에 대한 정의를 감히 내릴 수 없었다. 물론 레네의 사랑이 절대적인 답이라 말할 수는 없지만, 설득력이 짙은 이야기였다.

"레네, 고마워요. 사실 꿈을 물어보면서도 저조차 꿈에 대한 편견을 갖고 있었던 것 같아요. 예를 들어, 직업이나 삶의 목표 같은 거 말이에요. … 하지만 당신의 이야기는 제가 갖고 있던 꿈에 대한 편견을 깨버렸어요. 그리고 동시에 이 프로젝트가 계속 새로운 배움을 쌓아가는 과정이 될 거라고 생각하게 되네요."

"제 이야기를 그렇게 느껴주니 제가 더 고마워요. 하지만 '꿈'이란 게 '사랑'처럼 사전적인 의미로 알 수 없는 거라서, 당신 스스로 이 프로젝트를 진행하면서 생각을 많이 해봤으면 좋겠어요. 그리고 오랜만에 젊은 사람한테 이런 질문을 받아서 기분이 좋았어요. 보답의 의미로 맛있는 에스프레소 한 잔 더 줄게요."

야니, 레네, 나. 우리 셋은 계속해서 대화를 이어 나갔고, 난 중간중간 그들의 모습을 사진에 담았다. 그리고 이제 슬슬 떠날 시간이 다가오고 있었다. 난 남은 커피를 마시고, 그들에게 감사의 인사를 건넸다.

"뜻밖의 만남에 이렇게 좋은 시간을 만들어줘서 고마워요. 이젠 슬슬 가봐야 할 것 같아요. 이만 인사를 해야겠네요."

야니와 레네는 마침 이제 카페를 닫을 시간이라며 재빠르게 카페를 정리하고 나와 함께 카페를 나섰다. 그들은 버스 타는 곳까지 배웅해 주며 짙은 포옹과 함께 앞으로 걸을 순례길을 응원했다. 그리고 우리에겐 마지막 인사이자 내겐 순례길에서 들은 첫인사를 건네주었다.

"Buen Camino, York!(부엔 까미노, 요크)"

*부엔 까미노 : 순례자들이 서로의 순례길을 축복하며 건네는 인사말. 말 그대로를 옮기면 "좋은 길!"이란 뜻으로, 순례길 위에서 하나님과 자연과 사람과의 만남을 통해서 평안과 기쁨을 누리라는 축복의 말이다.

*요크 : York - 저자의 영어, 스페인어 이름

Yanny · 베네수엘라 · 31세

René · 스페인 · 45세

SHORT THOUGHTS _ 사랑과 현실

●

왠지 모를 외로움과 서글픔이

이곳에서 벗어나라며

등을 떠민다.

같은 듯 다른 시간에 존재한다는 건

생각보다 매력적으로 느껴지기도 하는데,

혼자가 된다는 건 어째서

늘 외로움과 손을 잡을까.

애써 놓을 수 없는 손이라면

온기를 담고 있었으면 좋겠다.

아니, 어쩌면 항상 온기가 있었지만

내가 모르고 있었던 것일 수도.

또 어쩌면, 아직은 내가 외로움을,

혼자가 된다는 걸

차갑게만 느끼고 있는 것일지도.

CHAPTER 2 /

종교

여전히 비가 내리는 회색 하늘의 아침, 이른 새벽부터 알베르게 (Albergue; 순례자들을 위한 숙박 시설)는 사람들의 분주한 발소리에 정신이 없었다. 길 위에 서는 첫날. 나는 긴장 때문인지 설렘 때문인지 몸이 꽤 빨리 반응하여 배낭을 싸고 일 층으로 내려가 간단하게 아침을 먹었다. 처음이었지만 아주 자연스럽게 말이다.

하루를 보낸 숙소는 순례길 시작점에 있는 공립 알베르게여서 그런지 사람이 많지 않은 시즌임에도 순례자들로 가득 차 있었다. 자전거와 오토바이를 타고 길을 나서는 사람들 또한 심심치 않게 볼 수 있었다. 내게 첫날인 것처럼, 이곳 대부분의 사람 또한 순례길에 나서는 첫날을 맞이하고 있었다. 다양한 연령과 국적의 사람들이지만 순례자라는 같은 위치에서 함께 길 위로 나선다.

모두 우비를 입고 하나 둘 길을 나서기 시작했고, 나 또한 우왕좌왕하며 길 위로 나섰다. 길에 대한 아무런 정보가 없었던 난 사람들의 뒷모습을 놓치지 않을 정도로 거리를 유지하면서 아직 익숙하지 않은 노란색 화살표를 보는 법을 배워갔다. 그들의 뒷모습을 놓치지 않을 정도로 거리를 유지하면서 나만의 속도로 길을 걷기 시작했다. 비교적 무거운 배낭을 들고 온 탓에 군시절 행군의 기억을 떠올리며 그보단 낫다고 나 자신을 안심시켜야 했다. 안개로 자욱이 덮여 있던 작은 마을을 지나갈 때쯤 옆에서 걷고 있던 남자와 눈인사를 주고받았다. 내 배낭과 비교할 수 없을 만큼 큰 배낭과 그에게서 풍기는 분위기만 봐도 오늘이 순례길에 나선 첫날이 아님을 단번에 알 수 있었다. 40대 중후반으로 보이는 그는 몇 걸음 더 걷고 나서 내게 말을 걸어왔다.

"오늘 어디까지 가요?"

"글쎄요. 20킬로 정도 걸으면 나오는 마을이 있다 해서 오늘은 거기까지 가볼까 해요."

"오늘이 첫날?"

"네, 당신도?"

"아니요, 전 걸은 지 한 달 좀 안 됐어요. 파리부터 걷기 시작했거든요."

순례길을 걸으며 처음으로 대화를 한 사람이었다. 그의 이름은 '얀야콥', 체코에서 온 남자였다.

프라하를 떠나온 내가 처음으로 만난 순례자가 체코 사람이라니, 재밌는 우연이었다. 그는 내가 프라하에서 살고 있다는 이야기를 듣고 놀라워했다. 어떻게 프라하에서 살게 됐는지 물었고, 난 그저 여행하다 사랑에 빠졌다고 말했다. 그와의 대화는 편안했다. 마치 고향 사람을 만난 듯한 기분이랄까.

사실 얀은 영어를 그렇게 잘하는 편이 아니었기에 깊은 소통을 하는 데 순탄하진 않았다. 하지만 우리는 또 다른 동행자 구글 번역기와 함께 걷고 있었다. 서로 통성명하고 이런저런 대화를 하는데, 갑자기 얀이 내게 물었다.

"요크, 오늘 같이 걸을래요?"
"좋아요!"

첫날부터 동행자가 생겼다. 걸음 속도가 빠른 그를 쫓아가듯이 걸었는데, 내가 슬슬 버거워질 때쯤 얀은 말 없이 내 속도에 발걸음을 맞춰주었다. 우린 그칠 줄 모르는 비를 맞으며 계속해서 걸었다. 산길은 무척 가팔랐고 고도가 높아질수록 비와 안개가 더욱더 짙어져 한 발짝 내딛는 것조차 어려웠다. 내 양쪽 어깨는 우습게 생각했던 배낭의 무게를 절실히 체감하고 있었다. 하지만 순간순간 눈 앞에 펼쳐지는 풍경이 너무나 아름다워서 자주 발걸음을 멈추어야 했다.

우리는 한동안 말없이 서로의 속도에 맞춰 걷고 또 걸었다.

중간쯤 왔을까. 잠시 쉬려고 앉았는데, 그는 서서 쉬겠다면서 안개로 가득 찬 풍경을 가만히 바라보고 있었다. 무엇을 보고 있는지 알 수는 없었지만, 풍경을 응시하는 그의 눈동자가 참 깊다는 생각이 들었다. 사람을 만나다 보면 가끔 그런 사람들을 본다. 삶이 담긴 듯한 눈을 가진 사람들. 얀이 그랬다.

우리는 다시 걷기 시작했다. 멀리 작은 성당 하나가 보이기 시작했는데, 그는 당연한 듯 자연스럽게 성당 쪽을 향해 걸어갔다. 성당에 도착하자 그는 조심스레 문을 열고 들어가 주변을 한 번 둘러보더니 무릎을 꿇고 기도하기 시작했다.

성당 안은 듬성듬성 놓여 있는 촛불 빛으로 밝혀져 있었고, 그 빛에 물든 예수상과 성당 내부는 무겁고도 성스러운 분위기를 자아냈다. 난 먼저 밖으로 나왔다. 비가 언제 멈출까 하고 하늘을 보고 있는데, 뒤에서 얀이 다가와 내 어깨를 가볍게 치며 잠깐 쉬어가자고 했다.

우린 성당 외벽에 기대고 앉아 간식거리를 꺼내 먹었다. 그는 전날 미리 만들어 놓은 샌드위치를, 난 마트에서 산 쿠키를. 또 하나 배웠다. 전날 숙소에서 간식을 만들어 다음 날 걷는 중간중간 허기를 달랜다는 것. 그가 샌드위치를 다 먹을 즈음, 난 습기로 눅눅해진 노트와 펜을 꺼냈다. 순간 낯선 냄새가 코끝을 스쳤다. 몇 번을 더 킁킁거리며 알게 된 냄새의 정체는 처음으로 맡아보는 종이와 잉크 냄새. '아, 이게 말로만 듣던 그 냄새구나.' 재밌다는 듯 날 바라보고 있는 그에게 대뜸 물었다.

"얀, 이 길을 걷는 이유가 있나요?"

얀은 덤덤히 대답했다.

"성지순례를 하는 중이에요. 산티아고까지 모든 성당을 다 들르면서 걸어갈 거예요."

"성지순례는 어떻게 시작하게 됐어요?"

"이번이 두 번째 순례길이에요. 첫 번째 순례길은 그냥 떠나고 싶은 마음으로 왔어. 그땐 종교도 없었고, 그저 떠나고 싶고 무작정 걷고 싶다는 생각이 저를 이곳까지 오게 했죠. 그때 이 길을 걸으면서 종교를 갖게 됐어요. 그 믿음이 점점 깊어져서 성지순례를 목표로 다시 오게 된 거예요."

번역기를 손에 쥐고 단어 하나하나 나열하며 진지하게 자신의 이야기를 들려주는 그의 모습을 보며 난 부끄러워지기 시작했다. 순례길은 종교적인 의미로 시작된 길인 걸 알면서도, 난 종교가 없다는 이유로 한 번도 종교적인 의미로 진지하게 이 길을 바라보지 못했었다. 너무나 당연하게 나 자신을 위한 길로만 생각했던 스스로를 발견했다. 물론 모든 사람이 본래의 이유만으로 이 길을 찾는 건 아니고, 특히 요즘은 종교적인 이유로 순례길을 찾는 사람이 점점 줄어들고 있다는 사실은 부정할 수 없었다. 각자의 목적과 의미를 가지고 이 길에 서는 건 자유지만, 한 번쯤 이 길의 존재 이유와 의미를 생각해볼 필요가 있다는 생각이 들었다.

그의 이야기는 흥미로웠지만, 동시에 기본을 등한시했던 나 자신을 반성하게 했다.

"얏, 그러면 이번 순례길은 산티아고까지 가는 건가요?"

"아니요, 이번 여정은 꽤 길어요. 파리에서 산티아고까지 갔다가, 포르투갈의 길을 따라 남쪽으로 내려가서 다시 스페인 남부를 따라 이탈리아 로마까지 간 다음에 그리스까지 갈 생각이에요."

믿을 수 없었다. 그는 반년 정도의 일정으로 순례길을 걷고 있었고, 그의 배낭이 왜 컸는지 깨달을 수 있었다. 비교할 수 없는 무게를 짊어지고, 믿기지 않는 거리의 길을 걷고 있는 그가 다른 차원에 있는 사람처럼 보였다. 그를 보고 있자니 종교가 가진 힘을 간접적으로나마 느낄 수 있었다. 그만큼의 시간을 투자하여 긴 여정을 결심하고 떠나올 수 있는 사람은 몇이나 될까.

"대단하다는 말밖에… 사실 전 아직 첫날이지만, 산티아고까지 가는 길조차도 쉽지 않을 거 같거든요. 당신의 여정은 감히 상상할 수도 없군요."

그는 별일 아니라는 듯 어깨를 으쓱했다. 난 그에게 두 번째 질문을 던졌다.

"당신은 꿈이 있나요?"

빌바오에서 만난 야니와 레네에게 던졌던 이 질문을 다시 그에게 던지고 대답을 기다렸다. 그 역시도 오랜만에 들어보는 질문이라며 큰 숨을 몇 번 내쉬며 생각하더니 대답을 시작했다.

"전 예루살렘까지 걸어가는 게 꿈이에요. 이제 괜찮으면 우리 슬슬 다시 걸어볼까요?"

종교 또는 신앙을 마음에 품는다는 것은 어떤 느낌일까. 얀은 이제 한 명의 종교인이 되어 길을 나아가고 있었다.

종교를 떠나 깊은 믿음을 갖는다는 건 말처럼 쉽지 않을 것이다. 수시로 생각과 마음이 바뀌는 자기 자신조차 완벽히 이해하고 믿기 어려운 현실에서 나라는 주체를 벗어나 타인 또는 무형의 존재를 변함 없이 믿으며 삶의 우선순위에 놓고 세상을 살아간다는 것. 아직은 나에겐 멀고도 험난한 이해의 대상인 듯하다. 내가 아무리 그 마음을 이해하지 못한다고 해도 한 가지 확실한 건, 무조건적인 믿음만큼 순수한 건 세상에 존재하지 않을 거 같다는 것이다.

우리는 다시 길 위로 나섰다. 걷고 걸으며 시작할 때와는 다르게 점점 지쳐가며 말수가 적어지는 나를 발견할 수 있었다. 얀은 그런 내 상황을 눈치챘는지 묵묵히 내가 걷는 속도를 맞춰주며 옆에서 함께 걸어주었다. 늦은 오후, 우리는 목적지에 도착했다. 나 때문에 그의 일정이 늦춰진 건 아닌지 미안한 마음에 그에게 저녁을 같이 먹자고 제안했지만, 그는 좀 더 걷고 싶다며 숙소까지 나를 배웅해주었다. 우리는 작별 인사를 나눴다.

"오늘 좋은 시간이었어요. 덕분에 첫날의 여정을 무사히 마무리할 수 있었어요. 그리고 당신의 이야기를 들려준 것도 고마워요."

"저도 당신 덕분에 좋은 시간이었어요. 오늘은 푹 쉬고 길 위에서 또 볼 수 있기를 기도할게요. 부엔 까미노, 요크!"

"부엔 까미노, 얀!"

숙소에 들어섰을 땐 너무 지쳤는지 아무런 생각도 들지 않았다. 간신히 지친 몸을 겨우 일으켜서 짐을 정리하고, 샤워를 하고, 일기를 쓰다 잠들었다는 사실을 다음 날 아침에서야 알 수 있었다.

Jan Jacob · 체코 · 47세

SHORT THOUGHTS _ 종교

•

마음이 마음을 따르고

마음이 마음을 모으고

마음이 마음을 낳아서

마음이 마음을 기도한다.

나는 종교를 갖고 있지 않지만,

내가 생각하는 종교는

선한 마음이 움직이는 곳.

CHAPTER 3 /

평화

아침 일찍부터 길을 나서기 위해 준비하는 사람들의 소리로 가득
했다. 하루 만에 이 소리에 적응된 걸까. 길 위로 나서야 한다는 부담
을 살짝 느끼며 몸을 일으켰다. 바깥은 여전히 가랑비가 땅을 적시고
있었다. 상상했던 햇빛 가득한 스페인 날씨와는 반대되는 날들이 계
속해서 이 길을 함께하는 듯했다.

여행할 때 작은 습관이 있다면, 난 일정에 쫓기는 걸 좋아하지 않
는다. 계획 없이 걷는 걸 좋아하는데, 유일하게 찾아보는 정보라고는
좋은 커피가 있는 카페 정도이다. 순례길이라고 크게 다르지 않았다.
아침에 일어나 느긋하게 준비하고, 커피 한 잔의 여유를 가진다. 조금
늦게 출발하고 늦게 도착하면 어떤가.

홀로 숙소 문 앞 벤치에 앉아 한껏 여유를 부렸다. 마치 숙소 주인
인 듯 '부엔 까미노'란 인사를 건네며 순례자들에게 인사를 한다. 그들
의 뒷모습을 보고 있으면 괜히 여유를 만끽하는 느낌이 든다. 마치 모
두 출근하는 시간에 혼자 카페에 앉아 창밖으로 그들의 분주한 모습
을 훔쳐보는 느낌이랄까.

오늘은 어떤 길을 걷고 어떤 풍경과 마주할지, 또 그 길 위에서 어떤 사람을 만날지 작지 않은 기대를 안고 천천히 길 위로 나섰다.

순례자 숙소는 보통 마을 중심부에 있어서 매일 마을을 벗어나는 길부터 걷기를 시작한다. 순례길 두 번째 날, 마을의 끝자락을 지날 때쯤 마음이 따뜻해지는 풍경을 보았다. 온기가 가득한 사람의 손으로 빚어진 풍경이랄까.

작은 의자 위에는 생수병과 물을 챙기라는 말, 그리고 좋은 하루를 보내라는 메모가 붙어 있었다. 메모 옆엔 나처럼 그 풍경을 마주했던 순례자들의 감사 인사가 벽을 가득 메우고 있었다. 따뜻했다. 이곳의 사람들은 안면도 없는 누군가를 위해 아침 새벽마다 물 한 통씩을 놓아둔다. 이 풍경이 너무나 자연스러워서일까, 내가 느낀 이 온기는 순수한 사람의 온기임을 느낄 수 있었다. 그리고 나도 저 정도의 마음을 내어 줄 수 있는 사람이 되고 싶다는 생각이 피어올랐다.

이렇게 순례길에 위치한 크고 작은 마을은 순례자들도 그들의 일부로 받아들이는 듯하다. 마을 사람들은 순례자와 함께하는 삶을 사는 거겠지.

기분 좋은 시작이었다. 하늘은 어두웠지만, 다행히 본격적으로 걷기 시작할 무렵부터 비는 내리지 않았다. 틈틈이 보이는 하얀 구름과 스페인 북쪽 바다의 수평선이 오늘의 길을 함께하고 있었다. 걷다가 잠시 멈춰 뒤를 돌아보며 주변의 자연을 눈으로 보고 마음으로 느끼고 슬그머니 사진으로도 담는다. 눈앞으로 펼쳐진 풍경을 바라보며 걷다가 잠시 멈춰서서 뒤를 돌아볼 때 내 뒤를 따라오던 풍경과 마주치는 순간이 참 좋다. 계속해서 제한된 시야에 갇혀 미처 보지 못했던 그 뒷모습을 마주했을 땐 내가 어떤 길을 걸어왔고 걷고 있는지 새삼 실감하게 된다.

오후가 되어서야 처음으로 햇빛을 보게 되었는데, 때마침 한 작은 마을에 들어서게 되어 성당 앞 벤치에 앉아 잠시 숨을 돌렸다. 어제 챙겨 온 사과 하나를 꺼내 한입을 베어 물고, 배낭을 베개 삼아 잠시 누워 한껏 스페인의 맑은 날씨를 음미하고 있을 때였다. 멀지 않은 곳에서 스멀스멀 풍겨오는 빵 냄새가 내 몸을 다시 일으켰다. 당이 필요했다. 성당에서 마을 중심부로 내려가는 계단 끝자락에 카페가 있었고, 빵 냄새의 근원지라는 걸 직감할 수 있었다. 주섬주섬 동전을 꺼내 커피를 한 잔 시키고 테라스에 자리를 잡아 다시 휴식을 이어갔다. 물론 빵 한 조각도 같이.

순례자로 가득했던 테라스 테이블 너머로 새로운 인연이 되어 대화하는 사람, 작은 수첩을 꺼내 글을 쓰는 사람, 의식을 잠시 내려놓고 의자와 하나가 되어 휴식을 취하는 사람들이 눈에 들어왔다. 같은 공간, 같은 순간 속에서 각자만의 시간을 보내고 있는 사람들.

그때 사람들의 틈 사이를 비집고 들어온 한 여인이 내 옆에 앉았다. 독일에서 온 '캐서린'이었다.

우린 몇 마디 인사와 전형적인 순례자들의 대화를 덤덤히, 하지만 차갑지 않게 주고받았다. 어디서부터 걸었고 어디까지 가는지, 며칠의 일정으로 길을 걷는지에 대한 소박한 대화. 그녀의 화법에는 정적이 적절히 섞여 있었는데, 할 말이 없어진 나에게 커피 한 모금을 마시는 순간은 어색함을 피하는 유일한 도피처였다.

사람들은 한두 명씩 자리를 일어나 다시 길을 나서기 시작했다. 두 툼한 먹구름이 흩어지는 사이로 한두 줄기의 햇살이 내리쬐며 마을을 감싸기 시작했다. 커피 한 잔을 더 주문했다. 내가 이 길을 떠나오면서 다짐했던 생각을 떠올렸다. '무언가에게 쫓기지 말자. 내가 이곳에서 유일하게 가진 건 시간밖에 없으니, 무엇을 하고 어떻게 하든 이 또한 이 길의 한 부분이라는 것.' 그래서 난 마음이 이끄는 대로 몸을 맡길 뿐이었다.

마음을 끄는 공간이 있다. 커피와 선선한 바람이 있는 곳, 들이마시는 공기 안에 잔잔히 스며 있는 주변의 냄새 - 풀잎이나 나무, 흙의 냄새까지 있다면 더욱 좋다. 규칙도 없고, 정형화되어 있지도 않는, 마음에 드는 공간에 서면 나도 모르게 깊게 숨을 들이마시는 작은 습관이 있다. 그리고 최선을 다해서 오감을 열어 놓고 그 순간을 기억 속에 저장한다. 바로 지금, 내가 있는 곳이 그런 공간이다.

옆에 앉아 있던 캐서린도 좀 더 쉬겠다며 커피를 한 잔 더 가져왔다. 가득 차 있던 테이블엔 이제 우리 둘만 남게 되었다. 내 배낭끈에 매달려 있는 카메라는 항상 사람들의 이목을 끄는 듯했다. 어디를 가든 사람들은 신기하다는 듯이 바라보며 내게 말을 붙이는데, 그녀 역시 내 카메라에 시선을 건네면서 다시 대화가 시작됐다.

그녀는 내 좁은 편견 속에 있는 독일인의 모습 그 자체였다. 말수가 많지 않고 실없는 이야기를 좋아하지 않았으며, 이야기를 구성하는 모든 문장 속의 단어에서는 가벼움이 느껴지지 않았다. 조금 딱딱하지만 차갑진 않은 느낌. 그런 진중한 분위기를 풍기는 사람이었다.

"캐서린, 당신은 이 길을 왜 걷나요?"

"자연이 좋아서요. 자연과 더 가까이하는 시간을 갖고 그 안에서 천천히 걷고 싶었거든요. 자연 속에 있으면 기분이 좋아져요. 다른 큰 이유는 없어요. 그냥 자연이 좋아요."

"꿈이 있나요?"

"세계 평화."

생각지도 못한 답변을 듣는 게 아직 익숙하지 않아 순례자들의 대답에 놀라기 일쑤지만, 세계 평화라… 처음 들어보는 대답이었다. 초등학교 때 포스터 그리기 대회에서 어렴풋이 봤던 기억이 있는 단어의 느낌이랄까. 하지만 한 가지는 확실히 알게 되었다. 난 꿈에 대해 꽤 큰 고정관념을 갖고 있었음을.

그녀는 실제로 난민 문제와 지구 환경 문제에 대해 진지한 고민과 걱정을 갖고 있었다. 그녀는 아직은 소소하지만, 간단한 플라스틱을 사용하지 않는 생활을 시작으로 틈이 나는 대로 난민 보호소를 찾아 자원봉사를 하고 있다고 했다. 그녀는 꿈을 그저 꿈으로만 간직하고 있지 않았다. 자신이 할 수 있는 범위 내에서 행동으로 옮기고 있었고, 스스로 꿈을 이루어가고 있는 그녀의 모습은 당당하고 멋있었다.

캐서린은 계속해서 말을 이어 나갔다.

"전 모든 사람이 차별받지 않고 동등한 위치에서 서로를 존중했으면 해요. 성별, 국적, 사회적 위치 등 모든 차이를 만들어내는 외적인 요소로 사람을 판단하고 구분 짓지 않았으면 좋겠어요. 우린 다 같은 인간일 뿐이잖아요. 이런 부분들이 해결되어야 제가 생각하는 평화가 올 거라고 생각해요."

이렇게 진지하게 세계 평화에 관해 이야기하는 사람은 처음이었다. 덤덤하게 평화를 이야기하는 그녀의 모습은 설명할 수 없는 그녀만의 독보적인 분위기를 자아냈다. 그리고 동시에 깨달았다. 이 프로젝트를 시작하길 참 잘했다고.

그녀는 잠시 자신의 이야기를 곱씹어 생각해 보더니, 아주 간단명료한 말을 건넸다.

"No Border, No Nation."

깔끔한 정리였다. 국경과 국가를 넘어서는 세상이라니. 역시 그녀는 온기가 가득했다. 그녀에게 언제가 될진 모르겠지만, 당신의 모습과 이야기를 사람들에게 보여주고 싶다고 말했다. 캐서린은 별일 아니라는 듯 허락해 주었다.

그녀의 이야기를 듣고 잠시 생각에 잠겼다.

진정한 평화가 찾아온 세상은 어떤 모습일까. 어떠한 차별 없이, 서로를 이해한다는 노력조차 필요 없이 모두가 자연스럽게 서로를 존중하는 세상. 아직 진정한 평화란 무엇인지 또는 이상적인 세계는 어떤 모습인지 잘 알지 못할뿐더러 쉽게 답을 찾을 수 있는 문제는 아닌 것 같다. 조금만 생각해 봐도 고려해야 할 입장은 수없이 많고, 입장마다 옳고 그름의 상식이 다를 테니 말이다.

하지만 또 반대로 왜 평화로울 수 없는지에 대해 생각해 본다면, 어쩌면 인간의 욕심 때문은 아닐까 하고 조심스럽게 결론을 내려 보기도 한다. 끝이 없는 인간의 욕심은 세상을 발전시키기도 하지만, 늘 부작용을 동반하며 때론 그로 인해 넘지 말아야 할 선을 넘는 선택을 할 때도 있기 때문이다. 그 중간의 적당한 선을 찾는다는 건 아마도 인류가 풀어야 할 평생의 숙제일 듯하다.

우리는 함께 길을 걷기로 했다. 카페를 벗어나 길에 들어설 무렵, 저 멀리서 반가운 목소리가 들려왔다.

"요크!"

체코 아저씨 얀이 우릴 향해 걸어오고 있었다. 그리고 얼떨결에 우리 셋은 동행이 되어 함께 걷게 되었다.

Katherine Zache · 독일 · 24세

SHORT THOUGHTS _ 평화

•

낯설게 느껴지던 이 단어가

낯설게 느끼던 자신을 반성하게 했다.

그래, 나도, 너도

우리 모두는

평화로워야지.

당연한 말이

당연하지 않은 말이 되지 않도록,

적어도 나만큼은 이 단어를

자연스럽게 받아들이고 사용할 줄 아는

사람이 되었으면 좋겠다.

CHAPTER 4 /

돈의 의미

순례길에서 마주하는 새벽 공기는 상쾌하다. 한국에서도 익숙하게 맡을 수 있는 시골 냄새를 이곳 스페인의 작은 마을에서도 어렵지 않게 경험할 수 있었다. 사람이 많지 않은 작은 마을을 천천히 지나 산길로 들어서면 차가운 공기 속에 갇힌 흙과 풀, 숲의 향이 내 주변을 가득 메웠고, 나무 사이로 보이는 끝이 없는 바다와 수평선은 발걸음을 수없이 붙잡아 카메라를 들게 했다.

나와 캐서린 그리고 얀. 우리 셋이 함께하는 첫날이 시작되었다. 캐서린과 난 끊임없이 수다를 떨었고, 얀은 우리 옆에서 묵묵히 같이하며 조금은 빠르게 앞서 걸었다. 평소보다 좀 더 바다와 가까웠던 이날의 길은, 우리 눈앞에 놓인 풍경을 쉼 없이 감상하게 했다. 우리는 서로의 시간을 존중해 주고 기다려 주며 천천히 걸었다.

걷다가 잠깐 멈춰 휴식을 취하는데, 우리의 새로운 동행자가 인사를 건넸다. 토마소, 이탈리아에서 온 친구였다. 한쪽 귀엔 이어폰을 끼고 나무에 기댄 채 우리에게 손을 흔들었다. 그는 자연스럽게 우리와 함께 걷기 시작했다. 누군가와 통화를 하는지 핸드폰은 그의 손에서 쉬질 못했다. 난 순례길을 걸을 때만큼은 속세에서 벗어나야 한다고 생각했기 때문에 그의 모습이 다소 낯설었다. 그리고 동시에 그가 누구와 그렇게 통화를 하는지 궁금했다.

"토마소, 누구랑 통화하는 거예요?"

그는 재밌다는 듯 웃으며 대답했다.

"통화하는 게 아니라, 음성기록을 남기고 있었어요. 순례길을 오고 싶어 하는 친구가 있거든요. 지금 제가 누구랑 같이 걷고, 어떤 길을 걷고, 어떤 풍경이 보이는지 기록해서 친구에게 보내주려고 해요."

그의 모습을 낯설어했던 나 자신을 반성했다. 하루하루 지날수록 무의식 속에 쌓여 있던 편견이 벗겨진다. 그리고 순간 두려움이 찾아왔다. 길 위에서 만나는 사람들의 이야기를 들으며 느끼는 이 온기와 신선한 충격이 익숙해져, 혹여나 이 온기와 충격을 또 다른 당연함으로 여기지 않을까 하고. 하지만 곧바로 그런 생각은 스쳐 지나갔다. 지금 만난 사람들도 이렇게 각자만의 다른 이야기를 갖고 있으니 말이다.

우리는 조금 이른 시간에 숙소에 도착했다. 완전히 맑아진 하늘은 뜨거운 햇살을 과시하고 있었고, 우린 그 아래서 밀린 빨래를 하며 잠시 숙소 테라스에 앉아 일광욕을 즐겼다. 생각해 보니 길을 걷기 시작하고 이렇게 화창한 날씨는 처음 맞이하는 듯했다. 처음으로 이게 진짜 스페인 날씨임을 깨달았다.

토마소와 난 숙소 근처에 있는 '에로스키'(스페인 슈퍼마켓)로 향했다. 그는 바게트와 살라미, 치즈를 집어 들었다. 왜일까, 난 괜한 호기심에 그를 따라 물건을 집으며 물었다.

"저녁은 샌드위치?"
"네. 이탈리아식 샌드위치요."

그 사이, 하늘은 자신을 먹색으로 물들이고 있었다. 거짓말같이 맑았던 날씨는 여느 때와 같이 잿빛 하늘이 되었고, 유난히 굵은 빗줄기가 창문을 묵직하게 때리기 시작했다. 우리는 각자 시간을 보내다 같이 저녁을 먹기로 했다. 얀은 노트에 하루 스케줄을 정리하며 바나나와 젤리를, 캐서린은 견과류 과자를 먹었다. 난 샌드위치 만드는 법을 배우기 위해 토마소를 기다렸다.

토마소는 작은 맥가이버 칼을 꺼내 빵을 두 쪽으로 가르고 한쪽 빵에 살라미와 치즈를 겹겹이 쌓아 올린 다음, 다른 빵 조각으로 위를 덮었다. 그는 완성이라며 내게 윙크를 보냈다.

이탈리아식 샌드위치는 뭔가 다를 거라고 너무 기대했던 탓일까, 나는 나도 모르게 실소를 지으며 그를 따라 샌드위치를 만들었다. 맛은 원재료 본연의 맛. 이탈리안 샌드위치라고 확인할 방법은 없었지만, 그 또한 즐거웠다. 샌드위치는 깔끔한 맛이었다. 캐서린과 얀이 잠시 자리를 비운 틈에 그에게 질문을 던졌다.

"토마소, 이번 길이 처음인가요?"

"아니요, 네 번째예요."

"네 번째요?"

"네. 좋아하는 여자가 있었는데 그녀가 순례길에 대해 자주 얘기해 주곤 했어요. 그 친구랑 인연이 되진 못했지만, 문득 그 친구의 말이 떠올라서 무작정 길 위로 떠나오게 되었죠. 안 그래도 여행할 때마다 관광지를 돌아다니는 게 지겨워지기 시작했을 때라 잘됐다 싶었어요. 원래 걷는 걸 좋아해서 그런지 이곳에서 보내는 시간이 너무 좋았어요. 매년 이맘때쯤 걸으러 와요. 새로운 취미가 된 느낌이랄까요."

"이미 네 번이나 걸었다고 했는데, 계속해서 길 위로 나서는 이유가 있나요?

"새로운 사람들을 만나는 게 즐거워요. 사람들과 이야기하다 보면 지금까지 감겨 있던 눈이 떠지는 느낌이에요. 관광지만 돌아다니는 여행이 무의미하게 느껴지기도 했고요. 시골의 작은 마을들을 돌아다니고 싶었고, 비행기 안에서 볼 때 멀게만 느껴졌던 자연 속에 직접 들어가고 싶었어요. 그러다 보니 이렇게 자주 오게 됐죠."

"당신은 어떤 꿈을 가지고 있나요?"

"돈을 많이 버는 거요."

"왜요?"

"캠핑카를 하나 사서 지금처럼 계속 떠돌아다니면서 세계를 보고 싶어요. 아직 보지 못한 세상이 너무 많다는 걸 알거든요."

장난기가 많아 보였던 그의 모습 뒤에는 역시나 다른 모습이 있었다. 진지하게 자기의 생각을 내비치는 그의 태도와 모습은 또 한 번 나의 편견을 무너뜨렸다. 난 얼마나 많은 편견과 고정관념에 휩싸인 채 살고 있었던 걸까. 나름대로 최선을 다해 편견 없이 사람을 바라보는 연습을 줄곧 해왔는데, 아직도 한참 부족하다는 걸 느끼고 또 느껴야 했다.

그의 꿈 이야기를 들으며 돈에 대해 다시 생각했다. 돈은 없어서는 안 되는 존재라는 말만 던질 게 아니라, 왜 벌고 싶은지 좀 더 깊이 생각해 보아야겠다고 말이다.

우리는 종종 경제적으로 부족할 때 현실이라는 단어로 자신을 옥죄인다. 특히 꿈을 향해 나아가는 여정에서 이 단어는 차갑고 날카롭게 우리를 좌절로 이끌기도 한다. 나중에 하고 싶은 걸 하기 위해 일단 지금은 돈을 번다는 말을 되뇌지만, 서글프게도 우리는 점점 '적당히'의 기준을 상실하고 욕심이 욕심을 낳는 굴레에 빠져든다. 그리고 그렇게 시간이 흐르면 삶의 우선순위를 기억하지 못하거나 그저 멋쩍은 미소로 소싯적 추억이 담긴 한 페이지를 보듯 흘려 넘기기도 한다. 토마소도, 나도, 그리고 아마 많은 사람이 비슷한 상황에 놓인 채 비슷한 고민을 하고 있지 않을까.

우리 모두 다가올 내일의 자신을 알 수 없다. 하지만 혹시나 꿈이 있거나 앞으로 꿈이 생긴다면, 조금 돌아가는 길을 선택하더라도 부디 그 꿈을 위해 길을 걷는 이유를 잃지 않았으면 좋겠다는 소망을 갖게 된 하루였다.

Tommaso Attanasi · 이탈리아 · 22세

SHORT THOUGHTS _ 돈의 의미

●

언젠간 돈이 없는 세상이 올까.

돈을 대체하는 어떤 것도 존재하지 않는

그런 세상.

돈을 벌 필요도 돈을 쓸 필요도 없이

그저 자기가 하고 싶은 걸 하기 위해

어떠한 부담도 느낄 필요 없이

현실의 벽에 좌절할 필요 없이

타협할 필요 없이

누군가를 희생시킬 필요 없이

그저 세상 모든 사람이 본인이 원하는 걸

마음껏 할 수 있는 그런 세상.

이런 말도 안 될 것 같은 상상을

한 번씩 해본다.

이런 세상이 온다면

과연 난 무엇을 할까 하는 상상과 함께.

CHAPTER 5

휴식

우리는 넷이 되었고, 그 어느 때보다 유쾌한 시간으로 가득한 길을 걸었다. 여전히 내 오른쪽 시야의 많은 부분을 푸른 바다와 수평선이 차지하고 있었고, 날씨는 맑았다 흐리기를 반복했다.

우린 분명 함께였지만 나란히 걷진 않았다. 둘, 둘이 되었다가 셋, 넷이 하나가 되었다가 다시 혼자가 되기도 했다. 길의 곡선에 따라, 걷는 속도에 따라, 대화의 흐름에 따라 우리의 옆자리는 수시로 바뀌었다.

우리가 모두 함께하는 곳은 중간중간 쉬어가는 카페를 발견했을 때였다. 누구든 카페를 먼저 발견하는 사람은 주저하지 않고 설탕 가득한 라떼와 토르티야를 주문하고 테라스에 앉아 신발을 벗고 기다린다. 우리만의 암묵적인 약속 같은 느낌이랄까.

처음으로 30km를 걸은 날. 무거운 배낭은 나날이 내 어깨를 짓누르고 있었다. 언젠가는 꼭 사용하겠노라 생각하며 가방 속 가장 큰 공간을 내어준 텐트와 삼각대는 당장이라도 쓰레기통에 집어넣고 싶은 충동을 참는 마음의 수련을 하게 했다. 이 또한 나의 욕심으로 빚어진 업보일 테니… 배낭은 내가 부린 욕심에 상응하는 대가를 치러야 한다는 깨우침을 한 걸음 내디딜 때마다 절감하게 해주었다.

길을 걷다 보면 순례길에 대해 다양한 명언을 들을 수 있는데, 그중 유명한 말 중 하나가 '순례길을 걷는 과정은 비우는 법을 배우는 과정과 닮았다'라는 것이다. 난 그 말과 현재 내 상황을 대입하여 다시 한번 생각의 꼬리를 물고 늘어진다. 분명 사람마다 담을 수 있는 그릇의 크기가 다를 것이다. 그렇다면 결국 비운다는 것은 감내하고 받아들이는 크기와 연관되는 게 아닐까.

그렇다면 짐을 내려놓거나 짊어지고 가는 것은 비우거나 비우지 않아도 괜찮은 것을 구별하는, 지금 내 그릇의 크기를 깨달을 수 있는 시험대이지 않을까. 견뎌내지 못한다면 나의 그릇에 넘치는 욕심이기에 비워야 하고, 견뎌낸다면 내가 감내할 수 있는 크기의 욕심일 테니. 태생적으로 비교적 큰마음의 그릇을 가진 사람도 있을 것이다. 하지만 마음의 그릇이란 완제품의 도자기 그릇과는 다르게 완성된 상태가 아니니 노력으로 조금씩이라도 크기를 키워나갈 수 있지 않을까.

생각의 꼬리는 그럴싸한 자기 합리화를 펼쳐냈다. 난 일단 나 자신을 시험대에 올려놓는 방향으로 결정했다. 하지만 이 생각을 통해 내가 내린 결론은 처음부터 욕심 자체를 내지 않는 것이 오히려 맞는 방향이라는 것이다.

사람은 적응하는 동물이라 했던가. 짓눌리고 있는 어깨를 위해 수건과 여분의 옷을 가방끈과 어깨 사이에 쿠션으로 활용했다. 스스로 어떻게 이런 생각을 했는지 뿌듯해하는 것도 잠시, 어깨에 쏠려 있던 신경은 왼쪽 정강이를 감싸고 있는 근육으로 옮겨졌다. 어느덧 나는 절름발이가 되어 있었다.

숙소까지 5km를 앞두고 해변을 감싸고 있는 작은 마을에 들어섰다. 줄곧 머리 위에서 따라오던 태양은 아슬아슬하게 수평선에 맞닿아 있었고, 난 결국 버스로 숙소까지 이동하기로 했다. 길을 걷기 시작하고 처음으로 나 자신에게 패배감을 느낀 하루. 숙소로 향하는 버스 안에서의 그 짧은 시간은 배낭과는 비교할 수 없는 무게의 짐으로 내 마음을 짓눌렀다. 하지만 우습게도 자동차의 발명이 참으로 위대하다는 것을 새삼 느끼기도 했다.

토마소에게 배운 이탈리안 샌드위치는 그날 저녁에도 나의 허기를 달래주었다. 틈틈이 가방끈에 쏠린 어깨와 정강이 근육을 냉찜질하며 일기로 하루를 마무리하고 있을 무렵이었다. 옆자리에 누워 있던 낯선 이가 내 일기장을 유심히 보다가 말을 건넸다.

"무슨 언어예요?"
"한국어예요."

그는 캐나다에서 사는 프랑스인 '유고'였다. 한글이 신기한지 그는 나에게 계속 말을 걸어왔다. 선한 인상과 부드러운 목소리를 가진 그는 신기하게도 부드러움 속에 강직함이 느껴지는 분위기를 갖고 있었다.

"북쪽 길을 걸으면서 아시아인은 처음 봐요."

"그러게요. 저도 아직 보질 못했네요."

"당신은 어쩌다 여기까지 오게 됐나요?"

항상 누군가에게 먼저 질문을 하던 내가 질문을 먼저 받아보기는 처음이었다.

"꿈을 현실화시키려고요."

"어떤 꿈?"

"유럽 생활을 끝맺을 때 스페인에서 정리하기."

"왜 하필 스페인이죠?"

"무의식적으로 끌리는 나라였어요. 스페인에서 유학하려던 계획이 무산된 적이 있는데, 그때 한껏 들떠 있었던 마음이 좀처럼 가라앉지 않더라고요. 그게 굉장히 진한 아쉬움으로 남게 되었던 거 같아요. 한동안 유럽에서 살게 됐을 때 이 꿈을 갖게 됐어요. 스페인에 가게 된다면 최소 한 달 이상 머무를 것, 유럽 생활의 끝을 스페인에서 맞이할 것. 스페인을 가봤다는 것보다 느껴봤다고 기억하고 싶었거든요. 당신은 어쩌다 여기까지 오게 됐나요?"

"휴가차 유럽으로 돌아왔어요. 지금 캐나다에서 살고 있거든요. 집에 있기보단 트래킹하고 싶어서 이곳까지 왔어요."

"트래킹을 즐겨 하나요?"

"원래 운동과는 담을 쌓고 살았어요. 그러다 우울증이 심하게 찾아온 적이 있었는데, 몸을 움직이려고 노력하다 보니 트래킹을 하게 되더라고요. 자연스레 우울증도 나아졌고요."

"이곳 말고도 걸어본 곳이 있나요?"

"첫 트래킹은 캐나다의 북쪽 길이었어요. 그곳에도 순례길처럼 트래킹 코스가 있는데, 상상도 못 했던 풍경을 보면서 걷는 게 무척 황홀했어요. 자연스럽게 걷는 매력에 빠져들었죠. 그다음엔 아이슬란드를 걸었고, 이번엔 이곳을 오게 된 거죠."

난 조금 망설이다가 그에게 질문을 던졌다.

"어쩌다 우울증이 생겼는지 물어봐도 괜찮을까요?"

"음… 제가 하고 싶은 일을 캐나다에서 하게 됐어요. 종일 컴퓨터 앞에서 일만 했죠. 시간이 지나면서 그 일이 나와 맞지 않는 걸 느꼈지만, 너무 먼 길을 왔다는 생각에 그만둘 수가 없었어요. 그래서 그저 하루하루 버티는 데 급급했던 거 같아요. 그러다 보니 쌓이는 건 스트레스밖에 없었고, 유일하게 벗어날 수 있게 도와준 친구가 술이었죠. 완전한 알코올 중독자가 됐어요. 악순환이 계속되다 보니 우울증이 찾아오게 되고, 안 좋은 생각까지 하게 되더라고요.

도저히 이대로는 안 되겠다 싶었어요. 그때 트래킹을 추천받았어요. 자연 속에 묻힌 채 길을 걸으면 기분이 너무 좋아져요. 내가 참 아름다운 곳에 살고 있음을 느끼게 해줘요. 지금은 아주 건강해요."

그의 첫인상에서 느꼈던 강직함이 힘든 시기를 견뎌낸 사람에게서 풍기는 분위기였다는 생각이 들었다. 이 길 위에서 사람들과 이야기하며 느낀 것 중 하나가 누구든 자신의 이야기를 스스럼없이 들려준다는 것이다. 대화에 집중하고, 자신들의 생각과 경험을 솔직하게 나눠준다. 우리가 흔히 말하는 오픈마인드란 게 이런 것이 아닐까.

"유고, 당신은 꿈이 있나요?"

"아주 조용하고 한적한 시골에 집 하나 짓고 자급자족하면서 잔잔하게 남은 삶을 살고 싶어요. 그뿐이에요."

"떠나고 싶은 건가요?"

"네. 아주 조용하게, 세속을 떠나서 자연 속에서 살고 싶어요. 자연 속에 있을 때 제가 가장 행복하다는 걸 알게 됐거든요."

숙소 매니저의 소등 알림 소리가 복도 벽을 튕기며 들려왔다. 이곳의 순례자들이 내일을 위해 하나둘씩 깊은 잠자리에 들기 시작했음을 다양한 높낮이의 숨소리가 확인시켜 주었다. 난 귀마개를 단단히 귀에 안착시키고 눈을 감았다.

그리고 옆에 누워 있는 유고에게 인사했다.

"Good night, Hugo."

Hugo Caron · 프랑스 · 30세

SHORT THOUGHTS _ 휴식

●

휴식을 갖는다는 건

자고 싶을 때 자는 것

먹고 싶을 때 먹는 것

씻고 싶을 때 씻는 것

하루 24시간의 완전한 주인이 되어

자유롭게 누구의 간섭도 없이

나의 시간을 보내는 것

CHAPTER 6

자아

아침부터 나의 다리는 격렬한 신호를 보내왔다. 다리에 힘을 주면 근육이 분리된 느낌이 들었다. 애써 몸을 일으켜 스스로 괜찮다고, 아무것도 아니라는 주문을 외우며 압박 붕대로 다리를 휘감고 길 위로 나섰다. 한 걸음 내디딜 때마다 느껴지는 고통 때문에 끝이 보이지 않는 길은 평소보다 더욱더 버겁게 느껴져 절망감을 안겨주었다. 나의 다리는 걷는 게 아니라 질질 끌려가고 있었다.

순례길은 하루에 걷는 거리가 어느 정도 정해져 있다. 그 거리의 기준은 순례자 숙소의 위치를 보면 알 수 있다. 대부분 20km 지점에 숙소가 있는 마을이 있어서 자연스레 순례자들의 하루 일정은 다음 숙소가 있는 마을까지로 정해진다.

나는 잠시 버벅거리는 몸통에서 벗어나 머릿속 뇌를 움켜쥐고 자기 최면을 거는 데 집중했다. 아프지 않다는 말을 수백 번, 괜찮다는 말을 수천 번 되뇌며 한쪽 바짓단을 움켜쥐고 앞으로 계속 나아갔다. 하지만 난 그저 한계가 있는 육체에 속해 있는 존재이며, 나의 정신력은 고통을 줄이는 데 턱없이 부족하다는 것을 얼마 지나지 않아 깨닫게 되었다.

결국 난 10km도 걷지 못하고 근처 마을에 머물기로 했다. 샤워를 하고 한껏 가벼워진 몸으로 테라스에 앉아 커피를 마시는 내 모습. 모순으로 가득한 간사한 인간임을 느끼는 순간이었다. 난 언제 힘들었냐는 듯 여유를 부리고 있었고, 그 순간 난 행복했다.

산뜻한 햇살과 내 곁을 스쳐 가는 선선한 바람을 하나도 놓치지 않고 온몸으로 느끼며 행복해하는 내가 순간 부끄럽기도 했지만, 그 순간 내 주변을 감싸고 있는 자연은 아름다웠다. 얼마나 모순적인가! 불과 몇 시간 전만 해도 한 걸음 옮기는 것도 버거워하던 내가 느긋하게 볕 좋은 곳에 앉아 언제 고통을 느꼈다는 듯 여유를 즐기는 모습이 말이다. 하지만 고통을 느꼈음에도 길 위로 나서는 선택을 한 것도 나였고, 지금 여유를 부리는 것 또한 나이다. 모순으로 가득한 내 모습조차도 나인 것이다.

행복감과 심란함을 격렬하게 겪고 있을 때 테이블 위에 놓여 있는 커피는 식어가고 있었고, 건너편에서 넘어오는 담배 연기가 나의 주의를 끌었다. 한 테이블에서 음악을 틀어놓고 맥주를 안주 삼아 즐겁게 이야기하고 있었는데, 그들과 눈이 마주쳤다. 무리 중 한 남자는 턱을 탄력 있게 치켜올렸다 내리며 내게 인사를 하는 듯했고, 아무 말 없이 그가 속한 테이블을 가리키며 넘어오라는 손짓을 보냈다. 즐거움이 깃든 미소와 함께.

내게 자리를 내준 그의 이름은 '세바스티안'. 독일에서 온 친구였다. 28세로 당시 나와 동갑내기였던 그는, 어디 가서 노안으로 밀리지 않는 나를 한참 동생으로 만들어버리는 분위기를 갖고 있었다.

살짝 초점 잃은 눈동자, 지그시 물고 있는 담배 연기에 찡그린 한쪽 눈, 거친 수염과 세상만사 귀찮음이 배어 있는 몸짓. 그는 삶의 의욕을 지워버린 듯하지만 생기는 느껴지는 신기한 매력의 소유자였다. 일상 속에서 만났다면 그저 그런 느낌을 가진 사람이구나 하고 지나쳤겠지만, 순례길에서 만난 그는 그냥 지나치기에 힘든 사람이었다. 그간 만났던, 긍정이 가득한 에너지를 갖고 있던 순례자들과는 반대되는 그의 분위기가 다시 나의 편견 한 조각을 깨트리며 신선함으로 다가왔기 때문이다.

나는 그들의 자리에 함께 앉았다. 그들은 새로운 등장인물에 아랑곳하지 않고 무수한 이야기를 꺼내놓았다. 사실 난 여럿이 있는 자리에선 말을 잘 하지 않는 편이다. 한 가지 주제로 이야기하는 자리라면 그나마 괜찮지만, 언제 어떤 주제가 누구의 입에서 흘러나올지 모르는 상황에서는 보통 모든 이야기를 빠짐없이 들으려고 집중하는 편이다.

종종 남의 말을 잘 들어주는 사람이라는 소리를 들을 때도 있는데, 그저 말하는 것보다 듣는 게 편할 뿐이다. 다양한 사람들의 이야기, 나 이외에 다른 누군가의 생각과 감정이 각자의 모국어를 통해 구성되고 표현되는 걸 듣는 것에 큰 흥미를 느낀다. 그 말 속에는 그들의 삶의 경험이 묻어 있고, 그 경험 속엔 짙은 감정과 깨달음이 섞여 있어서 타인의 이야기는 늘 흥미롭다.

누군가가 이런 이야기를 했던 기억이 있다. '한 사람의 인생은 한 권의 책과 같다'라는 말. 삶의 시간이 흘러 나이라는 숫자가 더해질수록 이 말은 더욱더 깊게 와닿는다.

깃털 같은 구름이 보라색과 분홍색의 중간 어디쯤 색으로 물들었을 때, 사람들이 하나둘 저녁을 먹으러 자리에서 일어나기 시작했다. 내가 앉아 있던 건너편 자리에서는 새로운 사람들이 소박한 저녁 식사를 하고 있었다. 난 가만히 앉아 아무 생각 없이 하늘을 보고 있었다. 그때 옆자리에서 흘러온 담배 연기가 나의 의식을 깨웠고, 같이 자리를 지키고 있던 세바스티안이 여전히 한쪽 눈을 반쯤 감은 채 내게 말을 건넸다.

"뭘 보나요?"
"하늘, 구름. 해가 저물고 있어요."
"하늘을 왜 보고 있는데요?"
"아름답잖아요."

그는 흥미로운 사람이었다. 장난치듯이 말을 건네지만, 절대 가볍지 않았다. 장난 같지 않은 장난, 혹은 웃음기가 없는 장난. 마치 삶을 통달한 듯한 느낌이랄까. 지금까지 내 경험으로 보았을 때, 삶의 깊이

가 남다른 사람들 중 겉으로 진지한 모습만 드러내는 사람은 드물었다. 항상 여유 있고, 미소를 잃지 않으며, 그 무엇도 이해하고 받아들이는 모습이었다고 해야 할까. 공중에 가볍게 떠다니는 말을 내뱉는 경우가 없었다. 자연스럽고 부드럽게 내뱉지만, 단어 하나하나에 무게가 실려 있어 절대 흘릴 수 없는 말들, 귀를 열고 생각의 문까지 열어 담아야 하는 말들을 하곤 했다. 난 그에게 그런 인상을 받았다.

"세바스티안, 저녁은?"

"배가 안 고파요. 맥주랑 담배만 있으면 돼요."

"당신은 이 길을 어떻게 걷게 됐나요?"

"마음을 정리할 시간과 공간이 필요했어요. 나 자신과 마주할 시간이 필요했죠."

"어쩌다 그런 생각을 하게 됐나요?"

그는 한순간에 진지한 분위기를 내뿜더니, 더욱더 깊게 담배 연기를 들이마시고 이야기를 들려주었다.

"복합적인 상황이었어요. 난 부유한 부모님 밑에서 누구도 부럽지 않은 환경에서 자랐어요. 좋은 대학에 갔고, 아버지가 운영하는 회사에 들어가 많은 돈을 벌었죠. 제 나이치곤 꽤 성공한 삶이었다고 생각했어요. 그러다 정말 사랑하는 여자를 만났고, 그녀와 진지하게 결혼을 꿈꿨어요. 처음으로 누군가를 진심으로 사랑했죠. 하지만 그녀와의 관계는 쉽지 않았고, 결국 각자 다른 길에 서게 되었어요. 나락으로 떨어진 생활이 시작되었고, 비로소 내 삶을 돌아보게 되었어요. 그리고 내 삶에 내가 없었음을 느끼게 되었죠."

그는 맥주 한 모금을 마신 뒤 담뱃불이 필터에 다다를 때까지 연기를 빨아들이고 다시 이야기를 이어갔다.

"그녀는 내 삶의 전부였어요. 그녀를 잃었다는 상실감, 난 아무것도 할 수 없다는 절망감. 끝이 보이지 않는 동굴에서 벗어나야겠다고 생각했어요. 다행인 것은 그녀와의 이별을 통해 내 삶을 되돌아보게 되었다는 거예요. 지금까지 내 삶을 살았다기보단 부모의 요구와 사회적 시선에 맞춰 살아왔음을 깨달았죠. 그게 마치 내가 원하는 삶이라 착각했던 거예요. 그래서 이 길로 왔어요. 매일 몸을 움직이고, 내가 갈 길을 내가 선택하면서 하루하루를 보내다 보면 뭔가 느껴지지 않을까 하고 말이죠."

그의 이야기에 빠져 한참을 듣고 있는데 문득 찬 바람에 몸이 떨려왔다. 그제야 해는 반대편으로 넘어갔고, 가로등 불빛이 은은하게 그의 얼굴을 비추고 있음을 알게 됐다.

난 잠시 부엌으로 가 따뜻한 커피 두 잔을 가지고 와서 다시 그의 이야기에 빠질 준비를 했다.

"세바스티안, 당신의 생각과 마음을 정리하는데 굳이 이 길로 나서야 했던 이유가 있을까요?

"아뇨, 굳이 이 길일 필요는 없다고 생각해요. 그저 내가 생활하던 환경에서 벗어나고 싶었어요. 때마침 친구에게 이 길을 추천받아 다음 날 바로 와버렸어요. 분명 나만의 시간을 갖고 싶었지만, 순례길을 걷는 이유는 특별히 없어요. 난 매일 이 길을 걷는 이유를 찾기 위해서 길 위로 나서고 있어요."

"혹시 당신은 꿈을 갖고 있나요?"

"꿈이요? 음… 아니요. 하지만 행복해지고 싶어요. 그리고 제가 느끼는 행복을 주변 사람들과 나누고 싶고, 그들도 행복을 느꼈으면 좋겠어요. 그게 제 행복이라 생각해요."

행복과 꿈의 차이는 무엇일까. 우리는 왜 꿈을 꾸고 왜 꿈을 이루고 싶어 하는 걸까. 아마도 꿈의 끝에 행복한 내가 있고, 꿈을 이뤘을 때 자신이 상상하던 행복이란 감정을 느낄 수 있을 거란 생각에 꿈을 꾸는 게 아닐까. 그렇다면… 꿈이 있기에, 꿈을 이뤘기에 행복한 것일까, 행복하기 위해 꿈을 꾸고 이루고 싶은 걸까.

찬 바람에 몸이 흔들리듯, 그의 이야기를 듣고 나서 내 생각 또한 이리저리 흔들리기 시작했다. 난 꿈을 물었고, 그는 꿈이 없다고 했다. 하지만 행복해지고 싶다고 했다. 그에겐 행복이 꿈이라고 할 수 있을까. 아니면 그는 이미 꿈의 존재 이유를 깨우친 것일까. 생각이 많아지는 밤이었다.

그는 자리에서 일어나 내게 마지막 인사를 건네고 살짝 비틀거리는 걸음으로 숙소 안으로 들어갔다.

"See you tomorrow, York."

"Good night, Sebastian."

Sebastian Bracht · 독일 · 28세

SHORT THOUGHTS _ 자아

•

미로에 갇혀 헤매는

내 자신을 들여다본 적이 있다.

앞으로 가야 할지 뒤로 가야 할지

방향감을 상실한 채

목적지도 없이 그저 걷기만 할 뿐.

나는 어제로 돌아가기도 했고

내일을 향해 걸어가려고 노력도 했으나

나는 지금이라는 굴레에 빠져

계속 걷고만 있었다.

굴레를 계속 돌려야

앞으로 나아갈 수 있다는 사실을 알면서도

나의 굴레는 쳇바퀴처럼

제자리에서 돌아가고 있다고 느끼는 건

기분 탓일까, 현실일까, 꿈일까.

그래도 계속 걸어보면

알게 되지 않을까 하는 마음에

일단 다리를 움직여 본다.

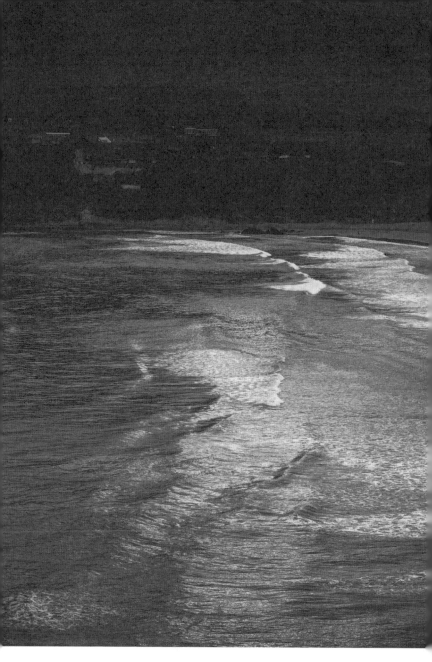

CHAPTER 7

나눔

이제 괜찮아졌다고 생각했던 다리의 통증은 배낭이 어깨를 누르는 동시에 다시 시작되었다. 그래도 길을 나서야 했고, 가야 할 길은 전날과 다름없이 한없이 길게만 느껴졌다. 천천히 한쪽 다리를 움켜쥐고 최대한 통증이 전달되지 않는 자세를 찾아가며 한 발 한 발 내디뎠다.

스페인 날씨는 초반과는 다르게 짙은 푸른색을 띤 하늘과 낮잠을 꿈꾸게 하는 햇살로 포근했고, 다행히 선선한 바람이 더해져 덥지도 춥지도 않은 날씨 속에서 길을 걸을 수 있었다.

낮은 산속으로 이어진 길은 늘 오른쪽 시야를 가득 채웠던 바다의 수평선 대신 높은 나무들이 가득했고, 산속에서 마시는 아침 공기는 더없이 상쾌했다. 길을 하염없이 걷다 보면 생각이 많아질 때도, 아무 생각 없이 육체만 움직이는 기계처럼 걸을 때도 있다. 한번은 아무 생각 없이, 내 발걸음만 바라보며 걷다가 잠시 멈춰 섰다. 언제 잠들었는지도 모른 채 숙면을 하다 벌떡 일어나 어젯밤 어떻게 잠들었는지 생각하듯이.

내가 어떤 길을 지나왔는지, 어떻게 걷고 있었는지, 의식이 있었는지… 멈춰 있던 뇌와 눈을 작동시키며 주변을 돌아보기 시작했다. 두 눈의 초점이 돌아와 주변 사물들이 선명해졌고, 아무것도 생각하지 않았던 내 모습을 돌아보며 순간적으로 자책하기 시작했다.

매 순간 의식을 차리려고 노력했던 나, 매 순간 주변 모든 것을 카메라의 프레임 속에서 바라보려 노력했던 나, 그 안에서 의미 하나도 놓치지 않으려고 생각을 멈추지 않았던 나. 난 수많은 순간을 놓쳐버린 나 자신을 자책이라는 행위로 몰아넣었다. 그러면서 동시에 내가 하나의 강박관념에 갇혀 있는 건 아닐까 의문을 품기 시작했다. 머리로는 자신을 꾸짖었지만, 내 마음은 마치 의식을 잃은 듯했던 그 순간들이 불편하게 느껴지지 않았기 때문이다.

신기했다. 왜 불편하지 않았을까. 정신 나간 사람처럼 보일 수도 있겠지만, 어떤 내적 혼란을 겪을 때 나는 자신과 대화를 시작한다. 난 계속해서 머리와 마음에 수없이 질문을 던졌다. 머리로는 불편을 느끼고 자책하면서도 마음은 왜 평화로웠냐고. 도대체 어떤 부분이 그렇게 편안했길래 머리와 마음 사이에 모순이 생기기 시작한 것이냐고 말이다. 물론 머리와 마음은 어떠한 말도 하지 않는다. 다만 한 번씩 이렇게 자신과 대화하다 보면 알게 모르게 무언가를 깨달을 때가 있다.

난 머리도 휴식이 필요하다는 것을 깨달았다. 기억을 더듬어 보니 난 매일 무언가를 하고 있었다. 고민하거나, 몸을 움직이거나, 혼자 있거나, 친구를 만나거나, 밥을 먹거나, 커피를 마시거나, 아무리 사소한 것이라도 무언가를 끊임없이 하고 있었다. 무언가를 한다는 건 내 의식이 어떤 선택을 한다는 것이고, 그 선택에 따라 내 몸을 움직여 행동한다는 것이다. 그건 분명 의식 속에 생각이 존재했던 것이기에 난 매일같이 '생각'이라는 운동을 하고 있었던 것이다. 내가 모든 순간에 했던 생각들을 기억하는지 물어본다면 당연히 아니라고 답할 것이다. 하지만 늘 생각을 해왔다는 건 사실이다. 내가 기억하지 못할 뿐, 머리는 계속해서 움직인다는 결론.

내 머리는 내가 인지하지 못할 수준으로 계속 운동하고 있었고, 그럴 때마다 자체적으로 셧다운을 시켜 잠을 자거나 멍때리는 행위를 해 온 것이다. 내 머리는 쉬고 싶었을 것이다. 아마도 나의 마음은 나보다 나를 더 잘 알아서 머리가 쉬고 있었음을 진작 알아차렸을 거고, 그래서 아무 생각도 하지 않았던 순간들을 전혀 불편하게 느끼지 않았던 것이다.

이렇게 어처구니없어 보일 수 있는 생각을 - 하지만 나 자신에겐 상당히 소중한 시간 - 하면서 걷다 보니 다리의 통증이 잠시 느껴지지 않았다. 하지만 의식이 돌아오자마자 다시 통증이 스멀스멀 올라왔다. 처음으로 약을 꺼내 먹었다. 다행히 진통제를 비상약으로 챙겨왔다. 평소에는 웬만하면 약을 먹지 않는데, 도저히 참을 수 없어 두 알을 꺼내 먹었다. 그러면서 처음 버스를 탔을 때와 비슷한 감정을 느꼈다.

내 육체 이외의 무언가에 기대어 이 길을 조금 더 편하게 걷는다는 것에 대한 실패감, 하지만 모순적으로 뒤따라오는 편안함. 그러는 사이

내 다리의 통증은 금세 사라져버렸다. 축 늘어진 몸은 생기를 되찾았고, 다시 주변의 아름다운 풍경이 눈에 들어오기 시작했다. 그때 저 앞에서 웃음꽃으로 길을 메우며 천천히 걷고 있는 한 무리가 보였다. 구릿빛 피부에 익숙한 체형, 편안하게 들리는 남아메리카 악센트의 스페인어로 그들이 남미 친구들임을 단번에 알 수 있었다. 여성 서너 명과 남성 한 명으로 구성된 무리는 나에게 인사를 건넸고, 어쩌다 보니 비슷한 속도로 그들과 함께 걷게 되었다.

그룹의 유일한 남자였던 '마리오'와 유독 많은 대화를 하며 함께 걸었는데, 알고 보니 그들도 처음부터 같이 온 친구들이 아니라 길 위에서 만난 친구들이었다. 베네수엘라, 에콰도르, 볼리비아 그리고 멕시코 국적의 친구들이었는데, 전부 유럽에서 거주하고 있다고 했다.

마리오는 에콰도르 사람이었는데, 스페인에서 공부하고 싶어 유학길에 올랐다고 했다. 24세의 젊은 청년으로 눈망울이 그 누구보다 촉촉했는데, 밝은 미소가 떠나지 않았던 그의 인상은 순수 그 자체였다.

남미 사람들과 함께 시간을 보내다 보니, 어느덧 콜롬비아에 있을 때로 돌아간 듯한 기분이 들었다. 남미 사람들 특유의 유쾌함과 밝은 온도, 항상 미소를 잃지 않는 여유는 시공간을 넘나드는 느낌을 받기에 충분했다. 우리의 여정엔 그들의 음악이 함께했고, 중간중간 쉬어갈 때는 서로 과일이나 샌드위치를 나누어 먹으며 배낭을 베개 삼아 마음껏 늘어지기도 했다.

마리오는 내게 많은 관심을 보였다. 카메라를 들고 다니는 이유를 궁금해했고, 내가 어떤 사진을 찍는지, 왜 유럽에서 살게 되었는지, 또 콜롬비아에는 어떻게 가게 되었는지 물었다. 우리의 대화는 자연스럽고 부드럽게 이어졌다.

마리오와 그의 친구들의 목적지는 내가 가려는 곳의 중간쯤에 있는 도시여서 우리는 도중에 헤어져야 했다. 그들의 종착지에 도착하기 전 마지막 쉼터에서 난 마리오의 생각을 담아보고 싶었다.

"마리오, 사실 제가 진행하고 있는 작은 프로젝트가 있어요. 혹시 함께해줄 수 있을까요?

"물론이죠. 재밌을 거 같아요."

"함께 걸으면서 당신이 마드리드로 공부하러 왔다는 것, 그리고 열심히 학비를 준비하기 위해 일에 전념하고 있다는 얘기를 들었어요. 당신의 마드리드 생활은 어떤가요?"

"아주 좋아요. 대도시에서 생활하는 게 쉽지는 않지만, 상당히 만족하면서 살고 있어요. 제 삶의 좋은 경험이 될 거라는 것을 의심하지 않아요."

"당신은 이 길을 걷는 이유가 있나요?"

"음… 혼자 힘으로 이곳에서 학업을 유지하려면 공부만 할 순 없어요. 생활비와 학비를 직접 벌어야 하죠. 그래서 요즘엔 잠시 공부를 멈추고 일만 하고 있어요. 하지만 반복되는 일상과 하루하루 정신없이 바쁘게 돌아가는 생활 속에서 점점 내가 왜 이 일을 하고 있는지, 내가 어떤 사람이었는지 잊기 시작했어요. 점점 목표가 흐려졌고, 무엇보다 자아가 희미해져 가는 듯한 느낌을 받았죠. 그래서 잠시 하던 걸 전부 멈추고 이 길로 떠나왔어요. 산티아고까진 아니더라도 길을 걸으며 다시 한번 생각을 정리하고 나 자신을 찾고 싶었어요."

"당신은 꿈을 갖고 있나요?"

"난 다른 사람들에게 긍정적이고 선한 영향을 주는 사람이 되고 싶어요. 어떠한 형태로든 도움이 되는 사람이 되었으면 좋겠다고 생각해요. 이 꿈은 한 번에 이룰 수 있는 게 아니어서, 항상 꿈을 마음에 새기고 하루하루 내가 할 수 있는 선에서 누군가에 도움을 주려고 해요. 내가 죽을 때까지 이 마음과 행동을 유지했을 때, 진정한 내 꿈이 이뤄진다고 생각해요."

쑥스러운 듯한 미소를 잃지 않고 진솔하게 대답하는 그의 모습을 보며 그를 처음 보았을 때 느꼈던 순수하고 다정했던 모습이 떠올랐다. 내가 느끼고 바라봤던 그의 모습 그대로였다.

또한 그가 이루어나갈 꿈은 수행의 과정과 닮았다는 생각이 들었다. 그가 꿈을 향해 가는 길이 그리 쉽지는 않겠지만, 꿈을 이루어가는 그의 모습을 상상해 보니 너무나 아름다웠다. 그와 함께했던 짧은 시간 동안 그에게 계속 해 주고 싶었던 말을 여기에 옮긴다.

'당신은 충분히 선하고 긍정적인 영향을, 당신의 밝은 미소와 꿈이 가득한 마음을 통해 나에게 전달해 주었어요. 잠깐이더라도 당신은 꿈을 이루었어요.'

Mario Adrian Angulo · 에콰도르 · 24세

SHORT THOUGHTS _ 나눔

●

조금 슬픈 이야기지만

종종 선의가 선의로 받아들여지지 않고

종종 선의가 오해로 비춰지기도 하고

종종 선의가 악용되기도 하고

종종 선의가 계산기의 숫자가 되기도 한다.

선의가 선의 그 자체로

따뜻한 마음이 그 온기 그대로

받아들여졌으면 좋겠다는 바람.

그 바람이 더 이상 바람이 아닌

당연한 과정으로 느껴진다면 좋겠다는

또 다른 바람.

CHAPTER 8 /

화 합

일찍 일어나 배낭을 꾸리고, 빵과 커피 한 잔으로 하루를 시작하는 아침. 오늘은 어떤 길을 걸을지 잠시 찾아보고 길을 나서는 내 모습이 이제는 꽤 자연스러워졌다. 오롯이 7~8시간씩 걷는 게 하루의 가장 큰 일과이자 일상이 되었다는 사실에 흠칫 놀랄 때도 있지만, 나의 몸은 많이 적응한 듯하다.

가끔, 아직 길 위의 여정이 많이 남았음에도 더 먼 미래의 내 모습을 상상하곤 한다. 내가 언제 또다시 이런 일상을 살아볼 수 있을까. 오직 걷기 위해 필요한 생필품만 들어 있는 배낭이 내가 가진 전부인 채로 살아가는 삶. 지금이야 산티아고라는 목적지가 있기에 나름 하루하루 목표에 가까워져 가는 성취감을 느끼고 있지만, 만약 아무런 목적지 없이 걷기만 하는 삶이라면 어떤 느낌일까. 만약 목적지 없는 길을 걷는 것이 우리의 삶과 닮았다면, 하루하루를 그저 숨만 쉬며 살아간다면.

감히 상상해 본다. 매 순간 불안에 휩싸인 채, 없는 목표를 애써 만들어가는 데 전념하지 않을까? 또 생각해 본다. 왜 목표가 없다는 것을 불안해할까? 왜 아무것도 하지 않는 것이 불안한 거지? 언제부터 우린 뚜렷한 목적과 꿈이 있어야 행복한 삶이라 치부했던 걸까. 목적이 뚜렷한 사람이 있는 반면에 그렇지 않은 사람도 분명 존재할 텐데 말이다.

사람으로 태어나 삶이 너무나 자연스럽게 손에 쥐어졌을 때, 그 누구도 삶이 무엇인지 알지 못했을 것이다. 태초의 인류 또한 어느 순간 눈을 떴을 때 본인이 그저 사람의 형태였음을 알았을 것이고, 무의식적으로 생존을 위한 방법을 찾아갔을 것이다. 생존의 근원인 의식주를 확보하기 위해 사냥이라는 행위를 시작했을 것이고, 그에 적합한 사람들과 그렇지 못한 이들의 활동 영역이 구분되었을 것이다. 그렇게 생존을 위해 사람은 무리 지어 생활하며 사회가 시작되었을 것이다.

그 속에서 좀 더 다수에게 도움이 되는 사람이 나타났을 것이다. 그는 헌신과 나눔이라는 가치로 주변 사람들을 감동하게 했을 것이다. 그저 생존이라는 본능에 따라 사냥을 한 것과는 다른 시각을 가져 누군가는 그를 선망하였을 테고, 누군가는 그를 뒤따르려 했을 것이다. 여기서부터 본질이 달라지기 시작한 것이 아닐까.

사냥이라는 인간의 지극히 본능적인 행위를 넘어서는 모습이 오히려 선망의 대상이 되기 시작하니 그런 행동을 따라 하는 사람이 연이어 나타났을 것이다. 반면 인위적으로 그런 모습을 만들어 내지 못하고 본능에만 충실한 사람도 동시에 존재했을 것이다. 그 지점에서 좌

절감이나 우월감의 감정이 싹틀 것이고, 이는 차별을 만들 것이며, 차별은 시기와 질투라는 감정을 낳아 결국 대립의 구조를 만들어 낸 것이 아닐까?

나는 결국 불안이란 상대적인 게 아닐까 하는 생각에 도달했다. 그 상대란 타인일 수도, 자기 자신일 수도 있을 것이다. 하지만 이 둘에는 큰 차이가 있다. 타인을 대상으로 불안을 느낀다면 경쟁을 통해 누군가를 앞질러 가야 비로소 안정을 찾을 것이다. 반면 자신을 대상으로 불안을 느낀다면 과거의 자신과 경쟁으로 앞지르는 게 아닌, 깨달음으로 안정을 찾을 수도 있다.

누구나 비슷한 경쟁 구도 안에 서 있겠지만, 대상이 누구냐에 따라 인간이란 존재로서 나아가게 될 길은 달라질 것이다. 불안이란, 무의식 속에 잠재된 타인 또는 보이지 않는 무언가와의 비교로 만들어진 것이라는 생각이 들었다. 만약 세상에 나 혼자만 있다면, 내가 느낄 유일한 불안이란 당장 내일 생명을 유지할 수 있을지에 대한 고민뿐일 테니.

어김없이 발생한 생각의 꼬리물기에서 벗어나 다시 길 위로 눈을 돌리자 걷고 있던 주변 풍경이 많이 달라졌다는 걸 알게 되었다. 진통제 효과에 놀라워하며 유독 몸이 가벼웠던 하루는, 끝이 없는 생각의 꼬리물기 놀이에 푹 빠질 수 있을 만큼의 여유를 찾아주었다.

숙소가 있는 마을에 도착했다. 벽돌이 유난히 많은 이 마을은 모든 건물과 도로가 얇은 회색 벽돌로 촘촘히 이어져 있었다. 잘못해서 발을 헛디디면 큰일 나겠다는 생각이 들 정도로 도로의 높낮이는 불규칙하고 날카로웠다. 심지어 그 도로 위를 지나가는 자동차 타이어 소리에 귀를 기울이면서 몇 번 왔다 갔다 했다간 타이어를 바꿔야겠다는 생각이 들 정도였다. 하지만 모든 마을의 건물과 길이 예스러운 돌들로 이어져 있어, 많은 세월의 기억을 품고 있는 마을이라는 것 또한 느낄 수 있었다.

숙소에 도착했을 때, 건물 입구에 있는 벤치에 앉아 물기 가득한 머리로 축 늘어진 몸을 겨우 움직이는 순례자들을 볼 수 있었다. 그중 묵직한 체구에 빨간 십자가가 그려진 베레모를 쓴 한 아저씨가 마치 숙소 주인인 양 내게 인사를 건넸다.

"오느라 고생했어요. 얼른 올라가서 짐 풀고 따뜻한 물로 피로 좀 푸세요."

"감사합니다. 숙소 매니저이신가요?"

"아뇨, 저도 투숙객입니다."

아… 속았다! 압도되는 그의 분위기와 여유에 속아버렸다. 그만의 유머였을까, 그는 호탕하게 웃으며 살갑게 내 어깨를 두어 번 치더니 얼른 올라가보라 한다. 왠지 모를 그의 유쾌함에 내 얼굴에도 미소가 번졌다.

얼마 지나지 않아 숙소 거실에서 그를 다시 만났다. 나는 조금 이른 저녁을 먹기 위해 이탈리안 샌드위치(어느새 중독되어버린 토마소 샌드위치)를 만들고 있었는데, 건너편엔 좀 전에 만났던 유쾌한 아저씨 '빅토르'가 사과를 곁들여 와인을 마시고 있었다.

빅토르는 걸걸하고 성량 좋은 목소리로 나에게 어디서 왔냐고 물었다. 와인을 권하기도 했고, 샌드위치의 출처도 물었기에 우리는 소소하게 대화를 나누게 되었다. 그는 숙소에 있는 모든 순례자와 거리낌 없이 친근하게 이야기를 주고받을 줄 아는 사람이었다. 호탕한 웃음소리는 거실을 가득 메웠고, 그의 소소한 유머는 사람들의 긴장을 풀어주어 공간의 온도를 잔잔하게 만들었다.

그는 스페인어를 하는 나를 흥미롭게 느낀 듯했다. 어디서 스페인어를 배웠는지 궁금해했고, 자기 말을 정말 다 알아듣는지 재차 물어보곤 했다. 때론 낯간지러운 상황도 있었는데, 주변에 다른 스페인 순례자가 대화에 참여하면 그는 나를 'Este joven(젊은이)'라는 소개말을 시작으로 스페인어를 할 줄 아는 한국 청년이라고 소개하고 자기 말을 다 알아듣는다며 엄지를 치켜세우곤 했다. 이 광경은 마치 부모가 자식 자랑하는 모습과 무척 닮아 있어서 난 옆에서 어떻게 반응해야 할지 모른 채 멋쩍은 웃음만 지을 뿐이었다.

난 빅토르에게 샌드위치를 나눠주었다. 사실 처음에 살라미와 차가운 치즈가 전부였던 토마소의 샌드위치는 나날이 발전해갔다. 내 입맛에 맞게 치즈를 데워 녹여 먹기 시작했는데, 걸쭉한 치즈에 덮인 매콤짭짤한 살라미와 그 맛을 부드럽게 감싸주는 빵의 조화는 가히 순례길 위에서 탄생한 걸작이라고 할 수 있었다. 아니나 다를까, 빅토르는 한입을 베어 물고는 안 그래도 큰 눈을 더 크게 뜨며 다시금 엄지를 치켜세웠다. 소소한 행복과 웃음이 끊기지 않는 순간들이었다.

난 빅토르에게 조금 더 그의 이야기를 묻기 시작했다.
"빅토르, 순례길을 걷는 이유가 있나요?"

"세상에서 벗어나고 싶었어요. 그리고 나 자신으로부터 자유로워지고 싶었어요. 지금까지 살아오면서 느낀 게 있다면 이 사회는 암묵적으로 사람을 강압한다는 거예요. 마치 삶의 길을 정해놓은 것처럼 말이죠. 난 지쳐 있었어요. 그래서 모든 걸 내려놓고 순례길로 떠나왔어요. 사실 내가 사는 마을은 순례길과 가까운 곳에 있어서 휴일마다 조금씩 집 주변의 길을 걷기도 했고 걷고 싶었던 구간에서 2~3일 정도만 걸었었는데, 이번엔 처음으로 끝까지 가보려고 해요.

예전부터 조금씩 이 길을 걸으면서 느꼈던 게 있어요. 길이 힘들면 힘들수록 머릿속이 비워지는 느낌이 들었어요. 돌을 더 많이 밟으며 걸을수록 주변의 소리와 향기를 느끼게 되고, 비로소 내가 살아있다는 것을 느꼈던 거죠.

신기해요. 우리는 분명 매 순간 수많은 소리와 향기에 노출되어 있는데 기억을 못 해요. 내가 이 길을 걸으며 느끼는 것처럼 주변에 조금 더 집중하면 다 알 수 있는 건데 말이죠. 이런 나 자신을 발견할 때마다 깨닫게 돼요. 내가 갇혀 있었다는 걸요. 나 자신으로부터 자유로워지고 싶어요. 그러면서도 겸허한 사람이 되고 싶어요. 이 길에서 매일 걷고 새로운 사람들을 만나면서 끝없이 느껴요."

"당신은 꿈을 갖고 있나요?"

"세계 평화요. 종교, 인종, 국적을 떠나 모든 사람이 같은 식당에 앉아 과일을 먹으며 서로를 진정으로 이해할 수 있는 세상이 왔으면 좋겠다고 생각해요. 어떠한 편견도 없이요. 모든 사람이 평등한 세상이 왔으면 하는 게 내가 가진 꿈이에요."

장난기가 많았던 그의 모습 뒤로 보이는 진지하면서도 따뜻한 그의 모습은 주변을 숙연하게 만들었다. 그를 처음 봤을 때 느꼈던 온기가 어디서 시작되었는지 이해할 수 있는 순간이었다. 특히 그의 꿈에 관한 이야기는 내가 이 프로젝트를 진행하며 무의식 속에 잠재되어 있던 나의 고정관념을 발견했을 때를 떠올리게 했다. 아무런 선입견이나 편견 없이 나와 다른 누군가를 바라보는 건 쉽지 않다는 걸 나도 여러 번 느꼈기 때문이다. 하지만 분명한 건 그 틀을 조금씩이라도 지워나가는 노력이 필요하다는 것이다.

그의 이야기는 내가 아직 끝나지 않은 여정을 어떻게 걸어야 할지 조금이나마 깨닫게 해주었다. 그를 보며 전체를 바라볼 줄 아는 그의 모습을 닮은 어른이 되고 싶다고 생각했다.

빅토르는 마지막으로 한마디를 덧붙였다.

"Nadie es mas que nadie."(그 누구도 다르지 않아요.)

"Gracias, Victor."(고마워요, 빅토르.)

"De nada."(아무것도 아니에요.)

Victor Antonio · 스페인 · 56세

SHORT THOUGHTS _ 화합

•

나이도

성별도

국적도

종교도

인종도

사람과 사람 사이에 존재하는 모든 차이가

차별이 아닌 다름으로 받아들여지기를 바라는 사람.

당연하면서도 당연하지 않은 이야기에

마음 한 켠이 씁쓸하다가도,

아직은 당연하게 여기는 사람을 만난 것만 같아

마음 다른 한 켠이 따뜻해지기도 했던 시간.

CHAPTER 9

회 상

은은한 노란빛이 가미된 하얀 아침 햇살이 숲속 나뭇잎 사이를 헤치고 뻗어나가 걷고 있는 흙길 위에 살포시 내려앉았다. 틈틈이 길을 밝혀주는 햇살 안에 한 번씩 발걸음을 옮길 때마다 햇살은 발끝에서 등 뒤까지 나를 감싸주었다. 일교차가 큰 아침 길에 잠시나마 느낄 수 있는 자연의 온기였다.

점점 가파른 길이 내 앞으로 펼쳐졌다. 경사가 높아질수록 나는 더욱더 머리를 발끝에 고정하고 양손은 가방끈을 움켜쥔 채 걸음을 내디뎠다. 지대가 높아질수록 빽빽이 서 있는 나무 틈 사이로 저 멀리 있는 짙은 푸른색의 바다를 볼 수 있었고, 나뭇잎들은 바람에 흔들려 서로 오랜만에 만난 것처럼 부둥켜안고 그동안 하지 못한 대화를 하느라 자작자작 소리를 내고 있었다. 보이지 않는 어딘가에서 울려 퍼지는 새소리는 배경음으로 완벽했다. 아니, 어쩌면 새들이 이야기를 나누고 나뭇잎이 배경음이 되어줬을지도. 또 어쩌면 때에 따라 서로 양보해주며 각자의 목소리로 배경음이 되어주기도 했을 것 같은 느낌. 누가 이야기를 하고 누가 배경음인지 판단할 수 없는 그 공간에서 한 가지 확실한 건, 난 그 울림들 속에서 천천히 걸으며 잠시 눈보단 귀를 만족시키며 걷고 있었다는 것.

그날의 목적지는 '빌바오'. 내 스페인 여행의 첫 도시이자 순례길의 시작을 함께했던 도시. 그곳을 다시 걸어서 도착하는 거였다. 첫날 '빌바오'에서 순례길의 시작점인 '이룬'으로 가는 버스 안에서 나는 애써 창밖을 보지 않았었다. 혹시나 내가 걸어갈 길과 주변 풍경을 미리 봐버릴까 봐, 그러면 다시 이 근처에 왔을 때 새로움이 덜 할 것 같은 느낌이 들었기 때문이다.

길을 걷는 내내 창밖으로 눈을 돌리지 않았음에 뿌듯해했다. 분명 버스 창밖으로 눈길을 돌렸다면, 난 지금 보고 느끼는 것을 느끼지 못했을 테니. 스스로 칭찬해주다 보니 어느덧 가팔랐던 산 끝자락에 가까워졌다. 내 앞으로 모자를 쓰고 있었음에도 아침 햇살같이 하얀 머리가 가득한 할아버지 순례자가 천천히 걸어가고 계셨다. 자기 몸만한 나무 지팡이를 벗 삼아 걸어가고 있는 할아버지는 자신을 스쳐 지나가는 모든 이들에게 일일이 인사를 건네며 지팡이에 기대어 한 발한 발 내디디고 있었다.

그와의 거리가 가까워졌을 때 난 그에게 먼저 인사를 건넸다. 그는 여전히 밝은 미소로 인사를 받아주고 혼잣말을 소곤소곤 내뱉었다. 나는 그의 곁에서 그의 속도에 맞춰 천천히 걷기 시작했다. 이유는 모

르겠지만 할아버지가 궁금했다. 그의 이름은 '잉고'. 독일에서 온 순례
자였다. 그는 자신의 걸음이 느리다며 먼저 가고 싶으면 가라고 했지
만, 또 동시에 혼잣말을 되뇌어서 알 수 없는 끌림이 나의 발걸음을 늦
추었다.

우리는 소담을 나누며 같이 걷기 시작했고 산 정상에 다다랐을 때
벤치가 모여 있는 작은 공원에 도착했다. 몇몇 순례자들은 간식을 꺼
내 먹거나 신발과 배낭을 벗어 던지고 땅바닥과 혼연일체가 되어 있
었다. 잉고와 난 잠시 쉬어가기로 했다. 나는 작은 초코바 하나를 꺼내
한 입 베어 물었고, 잉고는 부드러운 빵 하나를 꺼내 먹기 시작했다.

길을 걸으며 만난 최고령자인 잉고는 끊임없이 나의 궁금증을 자
극했다. 참을 수 없는 지경에 이르자 결국 난 물어보고 말았다.

"잉고, 산티아고까지 가세요?"

"네. 가능할지 모르겠지만 가보려고 합니다."

"힘들진 않으세요?"

"힘들지요. 생각보다 길이 만만치 않아서 걱정이 많이 됩니다."

"같이 걸으면서 계속 혼잣말 하시던데, 어떤 말을 했는지 물어봐도
괜찮을까요?"

"기도했어요. 가능한 한 한발짝 내디딜 때마다 기도를 하려고 해
요."

"어떤 기도요?"

"다양한 기도를 해요. 내가 이 길을 무사히 걸을 수 있게 도와달라는 기도도 하고, 내 주변 사람들을 위한 기도도 해요."

"종교적인 이유로 이 길을 걷는 건가요?"

"맞아요. 하지만 그 외에도 여러 가지 이유가 있어요. 종교적인 의미도 있지만 건강을 위한 운동이기도 하고, 또 모험을 좋아해서 새로운 도전이기도 하죠. 길을 걸으면서 계속 신과 대화하고자 노력해요. 그에게 닿을진 모르겠지만 계속 기도하며 저의 이야기를 전하고 있죠. 제 인생을 되돌아보는 시간을 갖기도 해요. 지금까지 내가 어떤 좋은 일을 했는지 또 어떤 나쁜 일을 했는지 돌아봐요.

이 나이가 되니 앞날보단 지나온 날들을 돌아보게 되더라고요. 난 줄곧 내가 저질렀던 나쁜 행동들을 되돌아보고, 그로 인해 상처받은 사람들을 떠올리며 용서를 구하려고 노력해왔어요. 하지만 내가 너무 늦게 깨닫는 바람에 안타깝게도 이미 만날 수 없는 곳으로 가버린 사람들이 많더라고요.

많이 후회했어요. 죄책감으로 마음이 무거웠죠. 그래서 그들을 위해 기도를 해요. 부디 좋은 곳으로 갔기를 바라는 마음으로, 생전에 내가 상처를 준 것에 대한 용서를 구하고 있어요. 아마 평생을 해야겠죠. 또 반대로 내가 잘한 일들도 떠올리면서 스스로 칭찬해요. 잘했다고. 나는 아직도 가보진 못한 새로운 곳과 새로운 사람들이 궁금해요. 마음만큼은 청춘인 듯해요. 보지 못했던 풍경이 궁금하고, 또 어떤 새

로운 사람들과 어떤 이야기를 나누게 될지도 궁금해요. 그래서 순례
길 위로 나서게 된 거죠."

"당신은 꿈이 있나요?"

"와우… 꿈이요? 정말 오랜만에 들어보는 단어네요. 잠시만요. 생
각을 좀 해봐야겠어요."

그는 헛웃음을 지으며 재밌고 놀랍다는 듯한 표정으로 곰곰이 생
각하다 다시 말을 이어갔다.

"삶의 끝이 왔을 때, 편안하게 눈을 감고 싶어요. 내 주변을 잘 정리
한 다음 아프지 않고 눈을 감으면 너무 행복할 거 같아요. 사실은 얼
마 전부터 조금씩 정리해 나가고 있어요. 가까운 친척들이나 새롭게
만난 젊은 친구들을 항상 집으로 초대해요. 맛있는 음식을 같이 먹고,
즐겁게 지내려 해요. 그리고 그들이 돌아갈 때 꼭 내가 갖고 있던 물건
을 하나씩 선물해줘요. 내가 죽으면 집에 남은 물건은 나에겐 아무런
의미도 없는 게 되지만, 내 선물을 받은 사람들은 그 물건을 보고 날
떠올릴 수 있을 거 같거든요. 그럼 조금은 의미가 있는 물건이 되지 않
을까 생각해요."

가슴이 먹먹해졌다. 사실 조금 눈물이 맺혔다. 삶의 끝을 바라보며
살아가는 건 어떤 느낌일까. 그 끝과 점점 가까워져 가는 나 자신을 바
라보는 건 또 어떤 느낌일까. 그 끝을 인정하고 받아들이며 겸허히 준

비하는 건 어떤 느낌일까. 80년이란 세월을 돌아보는 것, 그 방대한 세월, 특히 역사적인 순간의 현장을 직접 겪었던 그가 돌아보는 세월은 어떤 것일까.

잠시나마 삶의 끝을 진지하게 바라보고 준비해 본 경험은 있지만, 80년이란 무성한 세월을 돌아보는 경험은 나 또한 그만한 시간의 경험이 쌓여야만 가능할 수 있을 것이다. 노트에 그의 이야기를 담고, 난 그에게 사진을 찍고 싶다고 했다. 잉고는 미소를 지으며 카메라 렌즈를 응시했다. 그는 언젠간 나를 집으로 초대하고 싶다며 집 주소와 핸드폰 번호를 남겨주었고, 좋은 이야기를 하게 해줘서 고맙다며 따뜻하게 내 손을 잡았다.

우리는 멀리 보이는 목적지를 향해 다시 걸어가기 시작했다. 도심의 건물들은 점점 가까이 다가왔고, 어느덧 우리는 도심 속을 걷고 있었다. 빌바오 시내는 어떤 행사를 하는지 노점 식당과 음악으로 가득했고 우린 잠시 성당을 들렀다. 잉고는 조금 더 성당에 머물기로 했고, 우린 그렇게 헤어졌다.

난 처음 야니와 레네를 만났던 〈Happy〉 카페를 떠올리며 천천히 숙소로 향했다.

"Take care, Ingo. (몸조심해요, 잉고.)"
"See you soon, York. (곧 만나요, 요크.)"

Ingo Bujack · 독일 · 84세

SHORT THOUGHTS _ 회상

●

종종 나이가 더해지는 사실을 망각하다가

어느덧 시간의 흐름을 목격할 때가 있다.

그럴 땐 '만약'에 기대어

머리가 희끗희끗해진 내 모습을 떠올려 보기도 한다.

잉고 할아버지와의 만남은

먼 미래 나의 모습을

잠시나마 만나볼 수 있는 시간이었다.

나는 어떤 어른이 되고 싶은가.

나는 훗날 어떤 이야기로

젊은 이들에게 도움이 될 것인가.

나는 훗날 어떤 모습으로

젊은 이들에게 미래를 보여줄 수 있을 것인가.

그리고 나는 훗날 어떤 기억을

돌아보게 될 것인가.

그래서 잠시 만난 미래에 나는

현재의 나를 쌓아가려 하고 있다.

CHAPTER 10

행복의 과정

다시 바다가 가까워지는 길에 들어섰다. 한동안 숲속에서 나무들에 둘러싸여 초록 가득한 세상 속에 있었는데, 다시 짙은 푸른 빛을 내뿜는 바다와 연청색의 하늘이 내 눈앞을 가득 메웠다. 화창한 날씨가 익숙해졌다. 나는 때때로 길 양옆에 설치된 얇은 철조망 건너의 소와 돼지 때로는 길고양이나 강아지와 인사를 나누기도 했다.

길은 높은 경사가 없어서 완만하게 펼쳐진 들판과 그 너머로 보이는 바다를 눈에 가득 담으며 편안히 걸을 수 있었다. 중간중간 다른 순례자들과 소담을 나누며 걷기도 하고, 작은 카페에 앉아 설탕 가득한 라떼 한잔으로 휴식을 취하기도 하고, 눈을 사로잡는 풍경이 내 발길을 멈춰 세울 때면 잠시 배낭을 내려놓고 한참 동안 그 모습을 사진에 담기도 했다.

길을 걸으며 한 가지 재미있는 일이 있었다. 나를 만나는 모든 순례자가 나를 알아보았던 것이다. 나는 그들을 처음 보는데도 그들은 나를 아는체했다. 카페에서 쉬고 있으면 옆에 다가와 네가 '그'냐며 인사를 건네기도 했다. 도대체 무슨 일이 벌어지고 있는 건지 알 수 없어

한 사람에게 물었다. 나를 어떻게 아냐고, 나를 본 적 있냐고. 그는 씨익 웃으며 '빅토르'라는 이름을 내뱉었다. 걸어오며 그를 만났는데, 큰 배낭과 카메라 두 대를 메고 걸어가는 젊은 아시안 청년이 있을 거라며 나의 존재를 길에서 만나는 모든 사람에게 알려주었다는 것이다. 나는 나도 모르는 사이에 일명 '카메라맨'으로 사람들 머릿속에 기억되고 있었다.

다시 길을 걷기 시작했다. 2~3시간 간격으로 진통제를 먹으며 다리를 진정시켰고, 옷가지와 수건은 쿠션감을 잃어버려 내 양쪽 어깨는 계속 쓸려나가 점점 파랗게 멍들어갔다. 걷는 속도는 하루가 지날수록 빨라지기 시작했다. 걸음 속도가 워낙 느린 나는 남들보다 쉽게 지쳤는데, 원인을 찾다 보니 오히려 몸을 적당히 긴장시키고 빨리 걷는 것이 몸의 피로를 줄여준다는 것을 깨닫게 되었다. 소소하게나마 새로운 무언가를 배워가는 것 역시 이 길의 한 부분이겠지.

단점이 하나 있다면 육체에만 신경을 쓴 채 걷다 보니 자연스레 내 시선이 발끝으로만 향하게 된다는 것. 몸의 편안함과 하루의 일정을 달성하는 속도가 빨라지는 만큼 놓치는 하늘의 순간이 많아지고 생각의 늪이 얕아져 가는 것을 느끼게 되었다.

이 길은 우리의 삶과 많이 닮았다는 생각을 다시금 떠올렸다. 우리의 삶의 형식은 점점 더 편리하게, 점점 더 빠르게 흐르고 있다. 특히 한국에선 모든 것이 빠르게 흘러가기에 그 속도에 맞춰 살아가다 보면 시간이 어떻게 흐르는지도 모른 채 하루가 끝나버리는 날들이 허다하다. 그리고 언젠간 그 속도를 따라갈 체력을 잃었을 때, 우리는 알 수 없는 혼란을 겪게 되고, 뒤처져가는 듯한 느낌마저 들곤 한다. 빨리한다는 것은 일에 대해 얼마나 몰입하고 집중하고 있는지를 측정하는 척도가 되어버렸고, 그 속도를 맞추지 못하는 이들은 도태되거나 게으른 사람으로 낙인이 찍히기도 한다.

우리는 각자가 가진 속도가 있을 것이다. 그리고 우리는 그 속도를 조절할 수 있는 능력 또한 가지고 있을 것이다. 지속적으로 빠른 템포를 유지하는 것 또한 능력의 일부겠지만, 우리가 모두 같은 선에 서 있을 수는 없다. 길을 걷는 순례자들이 한 명 한 명 각자만의 속도로 길을 나아가는 것처럼, 결국은 다시 자신의 속도로 돌아와 홀로 길을 걸어야 한다.

모두의 목적지는 같다. 하루의 여정을 몇 시간 만에 끝냈는지, 얼마나 걸었는지, 며칠 만에 모든 길을 다 걸었는지는 중요치 않다고 생각한다. 계속 걷기만 한다면 언젠가는 목적지에 도착하게 될 것이고, 그렇지 못한다고 해도 괜찮다. 중요한 건, 그 길을 걷는 과정이지 않을까. 무엇을 보고 느끼며 걷고, 누구를 만나 어떤 이야기를 하고, 또 어떤 시간을 보내며 걸었는지 말이다. 똑같은 한 걸음을 내디디며 걸어가지만, 그 한 발짝 안에 담긴 생각과 감정과 의미를 깨달으며 걷는 것처럼.

순간은 우리가 살아가고 있는 모든 곳에 존재한다. 우리 주변을 감싸고 있는 그 순간들을 얼마나 바라보고 느끼며 살아가는지가 우리를 좀 더 성숙한 사람으로 만들거나 조금 더 행복한 삶의 길로 걸어가도록 할 것이다. 빠르면 빠른 대로 배우는 것이 있고, 느리면 느린 대로 배우는 게 있지 않을까. 우리는 그렇게 때로 속도를 높이거나 낮추며, 각각의 의미를 배워가며, 조금씩 나만의 속도를 찾아가는 게 아닐까? 그렇게 찾게 된 자신의 속도가 주변의 속도와는 조금 다르더라도, 이 세상의 70억분의 1초로 충분히 의미 있는 속도이지 않을까.

함께하는 삶이란 나와는 다른 속도로 살아가고 있는 이들을 만나 각자만의 속도로 살아가며 배우고 깨달은 삶을 나누는 것이며, 또다시 배워가며 더불어 살아가는 것이 아닐까. 그렇게 각각의 속도가 점점 쌓여 이 세상 모든 사람이 70억분의 70억 초를 경험하게 되는 순간이 어쩌면 세계에 평화가 오는 날이지 않을까. 하지만 이런 이상적인 시나리오가 현실에서 이루어지려면 '나만의 속도'를 정확히 아는 것이 전제 조건이겠지. 이런 생각의 꼬리들은 내 발목을 휘어 감으며 나를 멈춰 세웠다.

생각을 거듭하는 사이, 어느새 머무를 곳에 도착했다. 해변과 밀접한 이곳은 꽤 유명한 관광지인 듯했다. 순례자들 이외에도 관광객들이 붐벼서 그 어떤 곳보다 활기가 넘쳤다. 숙소에 짐을 풀어놓고 말끔히 샤워한 뒤 다시 가벼워진 몸으로 숙소 마당에 앉아 일기를 쓰기 시작했다.

관광객으로 북적거렸던 바닷가와 순례자 숙소의 분위기는 크게 다르지 않았다. 지금까지 머물렀던 숙소 중 가장 사람이 많았는데, 사람이 많은 만큼 다양한 방식으로 시간을 보내는 모습을 볼 수 있었다. 독일에서 록을 한다는 한 독일 아저씨는 록밴드의 상징인 긴 머리를 바짝 묶고는, 스피커로 음악을 틀고 자신의 노래라며 헤비메탈의 걸걸한 보컬 사운드에 혼을 담아 목 밖으로 내뱉었다. 보통은 중후한 유럽 아저씨가 들려주는 어쿠스틱 기타 선율을 상상하곤 하지만, 숙소 마당을 가득 채우는 헤비메탈 사운드는 상상을 깨고 모든 순례자를 압도했다.

그때 한 남자가 내게 다가왔다. 내 옆 침대에 있던 '유르기스'였다. 살짝 처진 눈과 부드러운 미소를 가진 그는 내게 바닷가에 가서 맥주나 한잔하자고 제안했다. 그는 그와 함께 걸었던 이탈리아 아저씨 '토마소'도 불러 우리는 함께 바닷가로 천천히 걸어갔다.

그들은 맥주를, 나는 콜라를 시키고 우리는 바다가 바로 앞에 보이는 테라스에 앉아 점점 주황빛으로 짙어지는 햇살과 바닷소리를 들으며 여유를 만끽했다.

한껏 나른해진 우리는 다시 천천히 숙소로 돌아가 메탈 사운드가 사라진 조용한 마당에 둘러앉아 시간을 이어갔다. 고요함을 지닌 두 사람과 함께 있으니 마음이 차분해졌다. 사람마다 풍기는 분위기가 있지만 이들은 비슷한 온도를 지닌 사람들이었고, 표정과 말투, 사용하는 단어를 듣다 보면 식지 않는 온수에 손을 넣고 있는 듯한 느낌이었다. 그래서 그런지 두 사람과 함께 시간 가는 줄 모르고 앉아 있었다. 난 그들에게 차례로 질문을 던졌다.

"토마소, 당신은 이 길을 걷는 이유가 있나요?"

"음… 난 굉장히 활동적인 사람이에요. 평소에도 레저를 즐기고 몸을 가만히 두질 못해요. 순례길은 15년 동안 줄곧 생각해왔던 곳이에요. 틈나는 대로 순례길에 관련된 책을 읽었고, 읽으면 읽을수록 점점 이 길에 흥미를 느끼는 나 자신을 발견했어요. 그래서 바로 비행기표를 끊었고, 그렇게 이 길의 여정이 시작되었죠. 주변에선 다들 저보고 미쳤다고 했어요. 아무리 활동적인 걸 좋아한다고 해도 그렇게 단숨에 떠날 수가 있냐고, 그 힘든 길을 걸어서 뭐 하냐고요. 하지만 난 아무것도 신경 쓰지 않았어요. 그냥 하고 싶은 마음이 컸기 때문에 온거예요. 그게 전부예요."

"당신은 꿈을 갖고 있나요?"

"호오… 음… 제 부모님은 농부셨고 가난했어요. 하지만 부모님은 항상 행복해 보였어요. 언제나 미소를 잃지 않고 노래를 부르고 춤을 추며 일하셨던 기억이 있어요. 저는 그런 환경에서 살아와서 그런지 단순하게 사는 게 제일 행복한 거 같아요. 그냥 동물들처럼 단순하게요. 마음의 안정을 찾고, 소소한 것에 감사하며 계속 지금처럼 살아가는 게 제 꿈이에요.

제가 생각했을 땐, 삶이란 게 복잡하게 생각하면 한없이 복잡하고, 단순하게 생각하면 한없이 단순한 거 같거든요. 누군가 봤을 땐 조금 재미없어 보인다고 생각할 수도 있지만, 전혀 신경 쓰지 않아요. 어떤 형식의 삶이든 우리 주변엔 항상 배울 게 있고 하나씩 배워가다 보면 즐거워요."

"유르기스, 당신은 이 길을 왜 걷나요?"

"아…. 사실 1년 전에 만나고 있던 여자친구와 함께 이 길을 걷기로 약속했었어요. 하지만 그녀는 이제 닿을 수 없는 곳으로 떠났어요. 큰 교통사고였죠. 삶이 무너지는 듯했어요. 아무것도 손에 잡히지 않았어요. 내가 유일하게 할 수 있었던 건 여자친구 부모님을 한 번씩 찾아가 같이 시간을 보내는 거였어요.

그렇게 1년이 흘렀어요. 그녀의 부모님은 제가 다시 밝아지길 원했어요. 더는 그녀로 인해 제 삶을 망치지 않았으면 좋겠다고 생각하셨죠. 그래서 내가 다시 무엇을 할 수 있을까 생각하다가 그녀와 약속했던 이 길을 혼자라도 걸어보기로 했어요. 다시 새롭게 앞으로 나아가기 위해 한 발짝 내딛는 시간이 된 거죠. 오직 나를 위한 시간이고 길이지만, 종종 그녀를 생각하면서 걸어요. 이 길을 같이 걸었다면 어땠을까 하고요. 하지만 슬픔에 잠기진 않으려고 해요. 이젠 아주 괜찮아

졌거든요. 이 또한 삶이라고 생각해요."

"당신은 꿈이 있나요?"

"지금 제가 하는 일에 최선을 다하고 만족하고 즐기는 거요. 일을 일로만 받아들이는 게 아니라, 제 일부로 받아들이는 것. 제가 선택한 일이고 하루에 가장 활기 있는 시간을 투자하는 거잖아요. 그래서 항상 감사함을 느끼고 행복을 느끼는 것. 제 생각에 행복은 여러 가지 형태가 있지만, 저한테는 일종의 보상이라는 의미가 강한 거 같아요. 일하는 과정과 결과에 매번 만족할 수는 없지만, 그 나름대로 즐기고 미소를 잃지 않게 하는 게 제가 생각하는 행복인 거 같아요."

Bruno Di Tomaso · 이탈리아 · 65세

Jurgis Masilionis · 리투아니아 · 29세

SHORT THOUGHTS _ 행복의 과정

•

행복을 위해 용기 내어 내디딘 한 발짝.

조금 더 나은 내일을 위한 이 한 발짝은

모래바람에 뒤덮이는

등 뒤 발자국들이 하나둘 모여

만들어지는 흔적.

우리는 그렇게 시간의 기억이

겹겹이 쌓인 나만의 발 모양을

나의 길 위에 만들어가는 게 아닐까.

그리고 그렇게 행복의 여정에

서 있게 되는 게 아닐까.

CHAPTER 11

연 결

해변을 따라 이어진 산길을 오르며 점점 더 넓어지는 바다를 바라보았다. 다시 산속으로 향해가는 길은 높고 낮은 언덕과 함께했다. 때때로 아스팔트의 한쪽 차도를 따라 걷기도 하고 좌우 경계를 하며 반대편 차도로 넘어가기도 했다.

걸을수록 초반과는 다르게 길 위에서 순례자들을 더 자주 보게 되었다. 초반에는 생각보다 마주치는 사람이 별로 없어, 처음 시작할 때 봤던 그 많던 순례자들이 다들 어디로 갔는지 내내 궁금했었다. 내 걸음이 느려 그들을 놓친 것일까, 아니면 내 걸음이 빨라 그들이 나를 놓친 것일까 하면서.

종종 길 위에서 만난 사람들과 이야기를 나누면서 알게 된 사실은 한 명 한 명 길을 시작한 지점이 다르고, 그들의 목적지와 여정의 시간 또한 다르다는 것이다. 나처럼 시작점부터 끝까지 걷는 사람이 있는 반면, 중간쯤에서 시작해 각자의 계획에 맞는 만큼 길을 걷는 사람도 있었다. 산티아고라는 목적지는 하나의 상징이다. 수많은 마을을 지나 순례자 여권에 스탬프를 쌓으며 끝까지 걸어야만 완주증을 받지만, 이 길은 성과보단 과정이 중요한 곳이라는 생각이 든다.

1~2주 정도 휴가를 내서 이 길에 오르는 사람들을 볼 땐, 한편으론 그들이 부럽기도 했다. 나는 그나마 유럽에 살고 있었기에 한국이나 다른 먼 곳에서 떠나온 사람들보단 쉽게 이 길에 올 수 있었다. 하지만 유럽인들에게 스페인이나 순례길이란 여행지는 잠깐 짬을 내서 큰 부담 없이 올 수 있는 곳이다.

누군가에겐 단 한 번밖에 없는 시간을 투자해 멀리 떠나와야 하는 곳이지만, 누군가에겐 주말 동안 근교에 여행 가는 느낌으로 갈 수 있는 곳이라는 것. 물론 그들도 유럽을 벗어나 다른 대륙을 여행할 땐 비슷한 마음이겠지만, 깊고 풍부한 문화유산을 가진 여러 국가가 하나로 뭉쳐 서로의 문화와 역사를 공유하며 살아가는 건 여전히 부럽기만 하다. 내부적으론 알게 모르게 많은 문제를 겪고 있을 수도 있지만, 국가 간에 경계 없이 자유롭게 드나들 수 있는 건 매력적이지 않을 수 없다.

자연스레 생각이 꼬리를 물었다. 한국, 중국, 북한, 일본… 이런 동아시아 국가들이 모든 이념적 대립과 역사적 문제를 완벽하게 해결할 수 있다면, 우리도 유럽같이 서로의 국경을 열고 자유롭게 드나들 수 있는 날이 올 수 있을까? 그런 날이 온다면 상상만 해도 즐거울 거 같은데 말이지.

두 눈의 시야를 가리는 것 없이 풀숲으로 우거진 들판 사이를 가로지르는 길 위에 서 있다. 차분하게 굴곡진 들판 사이사이에 다채로운 색을 품고 있는 꽃들은, 한 번씩 바람이 불면 몸을 이리저리 위태롭게 흔들며 스르르 소리를 바람에 싣는다. 들판의 경계선에 맞닿아 있는 푸르디푸른 하늘이란 캔버스에 하얀 물감으로 덧칠해 놓은 실구름이 고개를 오른쪽으로 돌리면 바다와 맞닿아 있다. 어떻게 이렇게 아름다울 수 있을까.

요즘 우리는 직접 가보지 않아도 세계 곳곳의 아름다운 자연의 모습을 경험할 수 있다. 어쩌면 지금 내 두 눈 앞에 펼쳐진 이 풍경 또한 큰 특색 없는 한 장면일 수도 있는데, 나는 왜 이리도 감동하는 것일까. 한편으로는 이래서 자연을 다루는 예술 작품들이 쉼 없이 나오는 게 아닐까 하는 생각이 든다. 아무리 아름다운 모습을 사진이나 캔버스에 담았다 해도 내가 직접 그곳에 서서 바라보는 것만큼은 아닐 테고, 또한 인간도 자연의 일부이기 때문에 계속해서 회귀 본능을 작동시키는 게 아닐까.

점점 걷는 속도가 빨라져 20킬로미터 정도의 거리는 4~5시간이면 거뜬히 걸을 수 있게 되었다. 보통 숙소에 도착하는 시간은 오후 2~3시쯤. 적절한 시간대에 마을에 도착하기에 때로는 숙소에서 휴식을 취하기도 하고 때로는 마을 주변을 돌아보기도 한다.

생각보다 일찍 숙소에 도착하니 아직 열지 않은 문 앞에 줄지어 놓여 있는 배낭들이 보였다. 그 배낭에 기대어 쉬는 사람들과 주변 나무 그늘에서 쉬는 사람들은 문이 열리기를 기다리고 있었다. 그 광경이 너무 생소했던 난 얼떨결에 그들 뒤에 배낭을 내려놓고 두리번거리고 있었는데, 뒤에서 누군가 내 어깨를 툭 건드렸다.

한동안 못 만났던 캐서린이 미소를 짓고 있었다. 우리는 한동안 서로를 껴안고 그동안의 안부를 물었다. 걸음이 꽤 빨랐던 그녀의 뒷모습을 본 것이 마지막이었는데, 한참은 더 앞에 가 있을 거 같았던 그녀가 어떻게 나와 같은 곳에 있는지 신기했다. 나는 그녀에게 혹시 이 줄의 정체를 알고 있는지 물었다.

그녀는 프랑스 길에선 빈번히 일어나는 일이라고 했다. 우리가 걷고 있는 북쪽 길이 워낙 사람이 없어 항상 숙소에 자리가 있었지만, 산티아고와 가까워질수록 다양한 곳에서 길을 시작한 사람들이 몰린다는 것. 그녀의 정보에 의하면, 산티아고와 연결된 모든 길이 한곳으로 모이는 마을이 있는데, 지금까지 보지 못했던 사람들과 침대 한 칸을 차지하기 위한 눈치 게임을 할 수밖에 없는 곳이라 했다. 지금처럼 길 위에서 사람 한 명 마주치지 않는 상황은 산티아고와 가까워질수록 만나기 힘들 테니 조용한 시간을 마음껏 즐기라는 말을 덧붙였다.

이윽고 키 뭉치를 튕기는 소리와 함께 한 남자가 나타났고, 문이 열리는 동시에 흩어져 있던 모든 배낭의 주인들은 한 명 한 명씩 숙소로 들어서기 시작했다. 작은 잔디 마당이 있는 숙소, 어느덧 리셉션은 사람들로 가득 찼다. 운이 좋다고 해야 할지 안타깝다고 해야 할지 내 차례에 마지막 침대칸이 남아 있었다. 내 뒷 차례인 캐서린부터는 마당에 있는 2인용 텐트에서 자야 하는데, 그마저 차버리면 더는 수용할 수 없다고 했다. 한참 뒤에 있는 몇몇 순례자들은 낙담한 듯 다시 배낭을 짊어지고 다음 숙소가 있는 마을로 떠나기 시작했다.

나는 눈이 번쩍 뜨였다. 지금까지 한 번도 사용해 보지 못한 텐트를 사용할 수 있는 절호의 기회라고 생각했다. 난 마지막 남은 침대를 캐서린에게 양보하고 드디어, 몇 번이고 버릴지 말지 고민했던 노랗고 작은 텐트를 마당에 펼칠 수 있었다.

작은 희열, 감당할 수 없는 욕심인지 아닌지 자신을 시험했던 텐트가 마침내 욕심이 아닌 나의 일부로 흡수되었음을 깨달은 순간. 나 자신이 한 단계 성장한 듯한 느낌을 받았다. 하지만 쿠션 역할을 해주는 깔개가 없어 내 등으로 땅의 모든 굴곡과 습기를 온전히 받아들였을 때, 나는 다시 부족함을 깨달았다. 하지만 이렇게라도 텐트를 사용했음에 스스로 대견하다는 생각이 더 컸다.

캐서린과 난 정리를 마치고 숙소 근처 작은 카페를 찾았다. 카페인을 순식간에 흡입하고 우리는 자판기에서 콜라 하나씩을 꺼내 들고 작은 바닷가를 산책했다. 그녀는 그동안 계속해서 얀과 토마소와 함께 걸었는데, 혼자 걷고 싶다는 생각이 들어 중간쯤에 머물던 숙소에서 하루를 더 있었다고 했다. 우리는 그동안 같은 시간 속 서로의 다른 시간을 어떻게 보내왔는지 풀어내며, 경험하지 못한 또 다른 시간을 쌓아갔다. 유독 내 프로젝트에 관심을 보였던 캐서린은 그동안 또 어떤 새로운 이야기를 담아왔는지 무척 궁금해했다. 하지만 그 질문에 나의 대답은 늘 똑같았다.

"쉿, 비밀이야. 언젠가 내가 프로젝트를 잘 완성해서 전시나 책으로 꼭 보여줄게요."

한참을 그녀와 바닷가 벤치에 앉아 시간을 보내다 먼저 숙소로 돌아왔다. 사람들은 슬슬 저녁을 준비하거나, 빨래를 하거나, 낮잠을 자거나, 새로운 사람들과 시간을 보내며 각자만의 공간 속에 있었다. 난 전날 먹다 남은 샌드위치로 저녁을 해결하고, 일기를 쓰려고 부엌 테이블에 앉았다. 여러 명이 앉을 수 있는 긴 테이블이어서 내 앞과 옆자리는 수시로 다른 사람들이 스쳐 지나갔는데, 한 칸 떨어진 내 옆자리에 앉은 한 남자가 명상하듯 차분히 눈을 감은 채 빨간 꽃 인형을 손에 쥐고 있어 내 눈길을 사로잡았다.

그는 마치 세상의 진리를 깨우친 사람처럼 조금의 조급함도 없었다. 모든 행동과 말투가 그처럼 차분할 수 없었으며, 항상 깊은 미소를 짓고 있었다. 그가 다른 사람들과 이야기하는 모습을 나도 모르게 뚫어져라 쳐다봤고, 그가 잠시 마당에 나섰을 땐 나도 모르게 그를 따라 나섰다. 나는 놀라지 않을 수 없었다. 그는 차분히 눈을 감은 채 마당에 있는 나무를 껴안고 있었다. 사랑하는 사람을 껴안듯이 그는 나무 몸통 이곳저곳을 쓰다듬으며 알 수 없는 혼잣말을 했고, 행위 예술을 하듯 나무와 깊은 소통을 하고 있었다. 그의 모습은, 감성을 넘어선 또 다른 차원에 들어서 있는 사람의 분위기였다. 이렇게 나를 매료시켰던 사람이 지금껏 있었던가 몇 번이고 스스로에게 물었지만 딱히 떠오르지 않았다.

온몸이 문신으로 가득했던 그는 빨간 꽃 인형을 손에 쥔 채 나무와 교류를 하고 있었다. 나의 몸은 무언가에 홀린 듯이 그에게 다가갔고, 나의 입은 주체할 수 없이 벌어져 그에게 말을 건네고 말았다.

"아드리아노, 지금 뭐 하고 있는지 물어봐도 될까요?"

"나무의 차크라(chakra; 인간 신체의 여러 곳에 있는 정신적 힘의 중심점 가운데 하나)를 느끼고 있어요."

"와우… 그걸 느낄 수 있나요?"

"네. 우리 주변의 모든 것은 각자만의 차크라를 가지고 있어요. 나무도 다 같은 나무가 아니라 하나하나 다른 차크라를 가지고 있죠. 저는 매번 느끼려고 노력하고 있어요."

"차크라를 왜 느끼려고 하죠?"

"제 마음을 평온하게 해줘요. 자연의 차크라는 신성해서, 한낱 인간인 저는 그와의 교류를 통해 도움을 받고 있습니다."

아드리아노는 진심이었다. 느낄 수 있었다. 그가 느끼려고 하는 게 무엇인지 조금이나마 알 것 같았다.

우리는 다시 부엌으로 돌아가 이야기를 이어갔다.

"아드리아노, 당신은 이 길을 왜 걷나요?"

"나는 매일 감정이 극과 극을 오가는 다혈질적인 사람이에요. 나의 이런 성향 때문에 과거에는 지금 당신에겐 말할 수 없는 많은 일이 있었죠. 항상 평정심을 유지해야 한다는 필요를 느꼈지만 쉽지 않았어요. 하지만 다행히도 난 나 자신을 잘 알았기에, 모든 것을 내려놓고 수년간 내적 수양을 하러 떠났어요. 수양은 한 번으로 끝나는 게 아니라 계속 깨닫고 배워나가야 하는 과정이고, 순례길을 걷는 시간도 그 과정 중 하나죠. 육체를 움직이고 자연 속에서 걸으며 느끼고 또 자연 안에 속하면서 내적 수련을 하는 시간이에요."

"당신은 꿈이 있나요?"

"전 어렸을 때부터 유전병을 앓고 있어요. 매일같이 근육이 찢어질 것 같은 고통을 느끼는데, 그 고통을 이겨내고자 있는 힘껏 저항하며 지금까지 운이 좋게 살아 있죠. 그래서 전 최대한 오래 살고 싶어요. 항상 자연의 에너지가 지금까지 제가 이곳에 존재할 수 있도록 도와줬기에 계속해서 자연과 가까이하고 그에 감사하며 오래 살고 싶어요."

Adriano Putzolu · 이탈리아 · 48세

SHORT THOUGHTS _ 연결

●

생각해보면

내가 지구와 연결되어 있다고

단 한 번, 느껴본 적이 있다.

오랜 시간 하늘을 바라보고 하늘과 함께해왔지만

하늘과 연결되어 있다고

단 한 번, 느껴본 적이 있다.

착각일 수도 있겠지만

세상이 잠든 시간,

카메라 셔터 소리만 가득한 공간에서

하늘과 일방적으로 대화할 때.

괜히 내 혼잣말을 하늘이 들어주는 것만 같아서.

뭐라고 하는지 이해할 수는 없었지만.

왠지 하늘도 나에게 말을 거는 듯한 느낌이어서.

문득, 자연과 소통하는 사람을 만나보니

떠오른 기억 한 조각.

CHAPTER 12

손 길

느지막이 일어나 텐트를 정리하고, 밤새 땅에서 올라온 습기에 축축해진 몸을 설탕 가득한 모닝커피로 데운다. 조금 늦게 일어나는 바람에 다른 순례자들은 이미 길 위로 나섰고, 나는 조용한 부엌에서 홀로 여유를 즐기고 있었다.

아침 햇살이 묻은 공기와 함께하는 커피 한잔은 언제나 행복감을 안겨준다. 모두 떠난 줄만 알았던 숙소엔 나같이 늦장을 부린 사람들이 몇 있었다. 그중 한 명은 내 옆자리에 앉아 짧은 순간의 여유를 함께했는데, 그녀의 이름은 '안드레아', 헝가리에서 온 친구였다. 빈에서 의사로 일하고 있다는 그녀는 동유럽 사람들에게서 자주 느낄 수 있는 무표정이 곁들여진 차가운 듯한 느낌을 지녔다.

동유럽 국가들도 자세히 보면 각자만의 분위기가 있는데, 체코에 살면서 체코를 포함한 주변 동유럽 도시와 사람들이 풍기는 특유의 분위기는 같은 선에 놓여 있다고 느꼈었다. 특유의 냉랭함이랄까. 동유럽 국가들을 돌아다니다 보면 우리가 흔히 상상하는 서양 사람들의 여유 넘치는 미소와 친절함과 자유로운 모습은 사실 찾아보기 쉽지 않다. 하지만 희한하게 난 그들의 차가운 외면 너머에 따뜻함이 보이는 느낌을 받는다. 다만 그 따뜻함을 보기 위해 열어야 하는 문이 보다 높고 두꺼워서 시간이 더 필요하다는 생각. 그래서 그런지 한 번씩 단골 카페에 갔을 때, 처음 방문했을 때 느껴졌던 덤덤함과는 달리 내 이름을 기억해 주고 미소가 깃든 환영을 받으면 따뜻함이 곱절이 되곤 한다. 어쩌면 무조건 친절한 서비스를 받아야 한다는 것도 고정관념이겠지.

안드레아는 미소가 포근한 사람이었다. 그녀와의 대화는 처음 캐서린과 이야기를 나눌 때를 떠올리게 했다. 차가운 것 같지만 차갑지 않은, 그런 온기가 비슷했다. 안드레아와의 대화는 부드럽고 자연스럽게 흘러갔고 그녀와의 시간은 길 위로 이어졌다. 오랜만에 누군가와 같이 발 폭을 맞추며 걷는데, 기분이 좋아 그런지 힘든지 모르고 앞으로 나아갔다. 중간에 쉬어가는 카페에서도, 다시 길을 나설 때도, 잠시 들판에 있는 벤치에 앉아 있을 때도 우리의 이야기는 끝없이 흘러나왔고 우린 금세 친해졌다.

때론 혼자 걷고 때론 누군가와 함께 걷기도 하는 시간. 혼자서 걸을 때 조금 더 나 자신에게 집중해서 흩어지는 여러 생각들을 붙들거나 눈에 비친 주변의 풍경들을 조금 더 집중해서 담아내는 시간을 보낸다면, 누군가와 함께 걸을 땐 나 자신보단 내 옆에서 함께 걸어가는 사람과의 시간을 바라보고 함께 만들어가는 순간들에 집중하게 되는 듯하다. 어떤 것이 더 좋다거나 좋지 않다고 말할 순 없다. 어떤 상황에서든 내 시간을 조율할 수 있는 주체가 되어 각 상황을 온전히 즐기는 것이 중요하다. 혼자일 때 온전히 혼자일 줄 알고, 함께 있을 땐 온전히 상대와 함께할 줄 아는 것. 그 균형을 맞추는 법을 계속해서 배워 나가야 한다는 생각이 들었다.

하지만 이 길 위에선 내 마음과 같이 흘러가지 않을 때가 종종 있다. 홀로 걷고 싶을 때 어쩌다 보니 누군가와 함께 걸어가게 되거나 그 반대의 상황이 빈번히 일어난다. 그럴 때 깨닫는 게 있다면, 모든 것은 동시에 소유할 수 없다는 것일지도 모른다.

한 가지를 얻기 위해선 다른 무언가는 잠시 내려놔야 한다는 것. 모든 것을 소유하고자 하는 순간, 무엇 하나에 집중하지 못하고 온전히 즐기지 못하는 상황을 반복하게 된다는 것. 그래서 현재 내가 처한 상황이 자연스레 흘러가는 대로 몸을 맡긴 채 집중하고 즐기는 법을 배우는 것. 내가 조금 더 선호하는 상황이 올 수 있는 미래의 현재를 만들기 위해 노력하는 법을 배우는 것. 모든 상황을 예측하고 제어할 수 없으니 평소에 '나'라는 사람을 조금 더 깊이 바라보고 알아가며 그에 맞게 살아가다 보면, 앞으로 다가올 알 수 없는 상황들 속에서 '나'를 잃지 않은 채 새로운 것을 배우며 서 있을 수 있지 않을까.

부서지는 햇살이 가득했던 오전과는 다르게 오후가 되면서 오랜만에 먹구름이 하나둘씩 몰려들었다. 하늘 전체가 회색빛으로 물들었고 몸이 조금씩 밀리는 느낌이 들 정도의 묵직한 바람이 동반했다. 얼마 지나지 않아 두꺼운 먹구름 사이로 빗물이 흩어져 내려 우린 걸음을 서두르기 시작했다.

우리가 도착한 곳은 산 중턱에 있는 산장 같은 숙소였다. 넓은 부지에 여러 채의 작은 통나무 건물과 중간중간 잔디 마당이 함께 있는 자연 친화적인 공간이었다. 숙소 입구 쪽에선 지대가 높아 그런지 내가 걸어왔던 길을 한눈에 내려다 볼 수 있었다. 정말 자연과 공존하는 곳이었다. 숙소는 특별함으로 가득한 곳이었다. 공간의 분위기로도 이미 충분했지만, 순례자들을 위한 프로그램이 준비되어 있었다. 순례자들이 리셉션에서 공지해준 시간에 강당에 하나둘 모여 기다리고 있을 때, 누군가 문을 열고 들어왔다.

빈틈없는 하얀 머리카락에 덥수룩한 하얀 수염, 산장 주인에게 어울릴 법한 의상을 한 그의 모습은 마치 산타클로스 같았다. 그는 화이트보드 앞에 앉아 천천히 숙소의 역사에 대해 설명하기 시작했다.

그는 이곳이 3대째 이어져 오는 순례자 숙소이며, 지금까지 몇만 명의 순례자들이 머물다 갔는지, 오로지 숙소를 다녀간 순례자들의 기부금으로만 유지해오고 있다는 운영 철학 등 짧을 수 없는 이야기를 간결히 설명해 주었다. 그리고선 다시 지형 지도를 펼치더니 지금까지 우리가 어떤 길을 어디까지 어떻게 걸어왔는지 보여주고 다음 마을까진 어떻게 가면 좋은지 숨은 지름길을 알려주기도 했다.

처음엔 굳이…라는 생각이 들었다. 주인 할아버지가 나의 마음을 읽었던 것일까, 그는 설명회를 하는 이유를 말해주었다. 이곳은 순례자만을 위한 공간이라고 했다. 순례자는 먼 길을 홀로 걸어야 하지만 함께하는 법을 알아가는 길이기도 하기에, 그 길을 나서는 이들에게 휴식 공간을 제공하는 사람으로서 도움이 될 수 있는 것을 나눠야 한다고 했다.

수십 명의 순례자들이 자기를 소개하는 시간을 끝으로 우리 모두는 식당으로 이동했다. 빵과 수프, 감자와 닭고기 그리고 와인과 함께 기나긴 밤이 이어졌다. 얼마 만에 단백질인지… 정신 놓고 밥을 먹고 있을 때 주인 할아버지의 마지막 연설과 함께 저녁 자리는 천천히 저물어가고 있었다.

"저희는 모든 숙박비와 식비를 자발적 기부금으로 유지하고 있습니다. 오늘 여러분이 편안히 잠자고, 먹고, 쉴 수 있는 공간이 존재할 수 있는 건 이전에 다녀간 순례자들의 도움 덕입니다. 부디 다음에 이곳을 찾을 순례자들도 오늘같이 편안히 휴식을 가질 수 있도록 여러분의 도움이 있다면 감사할 거 같습니다. 저는 이 공간이 앞으로 계속 길 위로 나설 순례자들을 위해 오래도록 남아 있길 바랍니다. 그럼 좋은 밤 보내시길 바랍니다."

여든 살이 넘은 주인 할아버지의 마지막 한마디는 깊은 울림을 주었다. 그저 하루만 머물다 갈 사람들을 위해 자기 삶의 시계를 누군가를 위한 시계로 맞추어 놓고 한평생 살아왔다는 것이 존경스럽기만 했다. 그는 자기 삶을 돌아보며 무엇을 느끼고, 어떤 순간들이 머릿속을 스쳐 지나갈까. 상대를 위하는 진실한 마음을 느낄 때면 가슴이 따뜻하다 못해 너무 뜨거워져서 눈물 샘을 가득 메울 때가 있다. 할아버지 같은 분이 있기에 세상의 온기는 계속해서 남아 있는 것 같다. 언젠가 그의 온기가 잠들 때면 분명 그 온기를 건네받은 누군가가 또다시 세상을 데울 것이다. 부디 나도 조금은 따뜻하게 손을 건넬 수 있는 사람이 되었으면 하는 바람이 피어오른다. 하지만 지금 내가 그에게 건넬 수 있는 건 초라한 한마디뿐이란 게 애석하기만 했다.

"정말 따뜻한 하루를 보냈습니다."

그에게 인사를 건네고, 주머니 속 손에 집히는 모든 걸 기부함에 넣고 나왔다. 여운이 가시질 않아 마당에서 한참을 서성이고 있을 때 안드레아가 다가왔다. 우린 천천히 밖으로 걸어 나가 밤 산책을 시작했다. 걸어왔던 길을 따라 다시 천천히 걸어 내려갔다. 맑아진 하늘 위에 떠 있는 별빛과 달빛은 가로등이 되어 은은하게 우리의 길을 비춰주었다.

"안드레아, 당신은 이 길을 왜 걷나요?"

"마음의 안정을 찾기 위해 떠나왔어요. 평소에 전 생각이 많은 편이거든요. 머리가 너무 복잡한 날엔 일하는 틈틈이 시간을 내거나 집에 돌아가서 명상을 하면서 마음과 생각을 비우곤 하죠. 하지만 최근에 감당하기 힘들 정도의 일들이 일어났어요. 환자였던 분이 몇 달 동안 저를 스토킹한 거예요. 점점 그 정도가 심해져서 몇 번이나 집을 옮기며 다행히 그를 떨쳐낼 수 있었지만, 제가 많이 닳아 있었더라고요. 그래서 잠시 그곳에서 떠나고 싶었어요. 하루종일 몸을 움직이면서 생각을 비우고 싶었거든요. 아무래도 몸을 많이 움직이면 움직일수록 자연스럽게 아무 생각을 안 하게 되는 거 같아요. 아무 생각도 안 하다 보면 또 마음이 편해져요. 그래서 이 길로 왔어요. 다시 마음을 다잡고 조금 더 그 상황 속에서 벗어나는 거죠."

"당신은 꿈이 있나요?"

"세상에 도움이 되는 존재가 되고 싶어요. 그래서 지금 의사라는 제 직업이 저랑 참 잘 맞아요. 아무리 힘들어도 제 환자의 상태가 호전되면 깊은 감사와 뿌듯함이 느껴지거든요. 그리고 진정한 사랑을 줄 수 있는 사람, 또 반대로 진정한 사랑을 받을 수 있는 사람이 되고 싶어요."

세대를 넘어 오직 타인을 위해 살아온 숨결이 깃든 곳에서 타인에게 도움이 되길 원하는 사람과의 만남은 우연이었을까. 안드레아와 숙소 할아버지 같은 사람들을 만날 때면, 가슴이 뜨거워지는 경험을 하곤 한다.

온기는 하나일 때보다 여럿일 때 안정적인 온도를 유지할 수 있다. 그들은 그 온기를 먼저 내어주는 사람들. 그래서 나도 모르게 그 온도를 느꼈던 것일지도 모르겠다. 동시에 나는 얼마나 주변에 온기를 주며 살고 있는가를 생각하니 자연스레 얼굴이 붉게 달아올랐다.

Andrea Sasvari · 헝가리 · 38세

SHORT THOUGHTS _ 손길

●

난로에 한껏 데운 손이
절실히 필요할 때.
차가워질 대로 차가워져 버린 마음은
다른 무엇도 아닌
사람의 손을 필요로 한다.
나를 위한 선택이 때론 너무 외로워서
스스로 고립시켜버렸던 나에게
다른 무엇도 아닌
사람의 손이 필요했다.
선택의 대가였을까.
여전히 마음 한구석에는
지워지지 않는 흔적이 남았지만,
이제 나는
그 온기를 필요로 하는 이들을 위해
먼저 다가가는 자리로 옮기기로 했다.

CHAPTER 13 /

다시

길을 걸으며 종종 마주쳤던 한국 분들이 있었다. 친구로 보이는 두 남성은 길의 중반까지 만났던 유일한 한국 분들이었기에, 괜히 그들을 보면 함께 시간을 보내지 못하더라도 마음이 편해지곤 했었다. 그들의 걸음 속도는 감히 따라잡을 수 없는 수준이어서 번번이 멀리 사라지는 뒷모습을 볼 때가 많았다. 하지만 시간이 지나면서 길에서 만나 자연스레 며칠 동안 같이 걷기도 하고, 때론 순례자 숙소가 아닌 에어비앤비 숙소를 구해 함께 머물기도 했다. 세 명의 순례자 숙박비를 합친 금액과 웃돈을 조금 보태면 편히 쉴 수 있는 우리만의 공간을 얻을 수 있었고, 한 번씩 쌓인 피로를 풀기엔 최적의 환경이었다.

우린 눈치 보지 않고 한식을 만들어 먹을 수 있었고, 한없이 널브러져 낮잠을 자며 등과 배가 한껏 데워진 시간을 보낼 수 있었다. 간혹 큰 마을을 지날 때면 중국 식품점을 찾아 한국 라면을 비축하기도 했고, 휴대용 용기를 하나씩 사서 전자레인지로 밥과 라면을 조금 더 맛있게 만들어 먹는, 소소하게나마 끼니의 질을 향상시키는 생활의 지혜를 경험하기도 했다.

둘 중 한 명은 신선한 충격을 안겨주기도 했다. 트레일러닝을 취미이상으로 하는 '원태' 형은 평소 걸음 속도도 남달랐지만, 한 번씩 걷기 지루하다며 뛰어가길 반복했다. 충격이었다. 순례길을 뛴다는 건 상상도 해보지 못했기에. 원태 형이 한참 앞으로 뛰어가 뒷모습조차도 사라져버리면 함께 걷던 '정태' 형은 앞에서 기다리고 있을 테니 걱정하지 말라고 미소를 짓는다. 오랜 벗을 잘 알고 있는 여유에서 나올 수 있는 미소였다. 무작정 뛰는 거 같아 보여도 우리 위치를 다 확인하면서 뛰는 거니 길이 엇갈리거나 서로 잃어버릴 일은 없을 거라고. 그리고 혹여나 길이 엇갈린다고 해도 우리에겐 카카오톡이 있다고 했다.

같은 나라에서 태어나 같은 문화와 언어를 사용하는 사람을 만날 땐 새삼 신기할 때가 있다. 한국 사람이 한국 사람을 만나 한국어로 대화를 하는 게 당연한 일인데, 낯선 곳에서 우연히 한국인을 만났을 때의 감정은 왜 이리 오묘한지. 굳이 다가가 말을 걸지 않아도 한눈에 알아볼 수 있는 '우리나라' 사람이 같은 공간에 있다는 것만으로도 마음이 안정되는 순간과 마주칠 때가 있다. 동족의 끌림이란 본능일까.

한 번은 정태 형이 멍들어 있는 내 어깨를 보더니 배낭을 어떻게 메는지 꼼꼼히 살펴봤다. 그리곤 씁쓸한 표정을 짓더니 지금까지 어떻게 그렇게 걸었냐며 멋쩍은 웃음을 보였다. 형은 배낭의 허리끈을 바짝 조인 다음, 어깨끈은 적당히 느슨하게 풀어 배낭의 무게가 허리 쪽에 걸쳐지지만 무리가 되지 않도록 균형을 잡아주었다. 양쪽 어깨엔 카메라가 하나씩 있어서 어깨에 무리가 아예 가지 않을 순 없었지만, 체감하는 배낭의 무게는 훨씬 가벼웠다. 배낭 메는 법 하나 몰랐던 무지한 나 자신이 살짝 창피했지만, 그 순간 먼저 손을 내밀어 준 그의 따뜻한 배려에 내 마음의 온도는 한층 더 올라갔다.

난 유독 정태 형과 함께하는 시간이 많았다. 원태 형은 주기적으로 앞으로 뛰어나갔기에 자연스레 둘이 남게 되는 경우가 많기도 했지만, 과묵했던 원태 형보다 스스럼없이 자신의 이야기를 들려주던 정태 형에게 다가가기가 조금 더 편했던 거 같다.

그들과 함께하며 한 가지 깨달은 점이 있었다. 함께여야만 할 수 있는 것이 있다는 것. 사람은 혼자 살 수 없는 존재라는 말의 의미를 조금이나마 알게 해준 시간. 함께였기에 먹을 수 있는 밥이 있었고, 머무를 수 있는 숙소가 있었으며, 걸을 수 있는 길이 있었다. 함께였기에 무게를 덜어주어 지치지 않았고, 손을 잡아주어 의지할 수 있었으며, 서로 공감할 때 감동은 배가 되었다.

혼자서도 할 수는 있다. 하지만 혼자여야만 하는 것이 있듯이 함께여야만 하는 것이 있고, 혼자여서 깨달을 수 있는 의미가 있듯이 함께여서 깨달을 수 있는 의미가 있다. 며칠간 그들 곁에서 함께 걸으며 온기는 나눠야만 더 따뜻해질 수 있다는 걸 알게 됐다.

작은 숙소에 도착한 우리는 짐을 풀고 마을 골목 골목을 산책하다 돌아왔다. 6인실에 우리 말고는 아무도 들어오지 않아 3인실처럼 사용할 수 있었다. 신발과 배낭을 마당의 햇살 아래 펼쳐 놓고 신라면 하나씩을 꺼내 허기를 달래고 있을 때, 난 정태 형에게 물었다.

"형, 순례길을 걷는 이유가 있나요?"

"오, 너무 갑작스러운데요? 잠시만, 라면 좀 다 먹고."

잠시 후 정태 형이 대답했다.

"음… 친구가 추천해 줘서 왔어요. 지금 내가 겪고 있는 상황에 조금 도움이 될 거라고. 한국에 있으면서 특히 최근에 많은 일이 있었어요. 감당하기 힘든 일들이 기다렸다는 듯이 한 번에 몰려들어 정신을 차릴 수가 없었어요. 매 순간 어떻게 해야 할지 몰라 답이 없는 고민과 분노가 날 엄습해서 나 자신을 주체할 수가 없었어요. 그러다 공황장애와 불면증 그리고 번아웃증후군까지 찾아오면서 10년 넘게 일했던 곳까지 그만둬야 할 정도로 상황이 나빠졌죠. 시간이 지나 조금씩 나아지고 있을 때 친구가 순례길을 추천해 줬어요. 내 발목을 잡고 있는 상황들에서 벗어나 새로운 곳에서 아무 생각 없이 걸으면 좋겠다 싶어서 결정했죠. 유럽은 또 처음이어서 새로운 걸 보고 경험하면 조금은 다른 걸 느낄 수 있지 않을까 하는 마음도 있었어요.

지금까지 나는 쳇바퀴 도는 것과 같은 삶을 살면서 하고 싶었지만 하지 않았던 걸 못 했던 것이라 합리화하며 자신을 속였던 거 같아요.

모든 걸 내려놓은 지금부터라도 그동안 해보고 싶었던 것들을 하나하나씩 해보고 싶어요. 그런 의미에서 순례길은 저에겐 제2의 인생이 시작되는 곳이라고 생각해요."

"혹시 꿈은 있나요?"

"자유로워지고 싶어요. 사실 난 물질에 대한 욕심이 많지 않은 편이었는데, 오랜 시간 일만 하며 살다 보니 나도 모르는 사이에 물질에 얽매이는 사람이 되어 있더라고요. 다시 내 인생의 순간들을 되돌아보면, 최저 생계비용만 벌면서 하고 싶은 걸 도전했던 20대 초반 때가 가장 행복했던 거 같아요. 변하지 않고 살고 싶었는데 나도 모르는 사이에 변하더라고요. 그래서 굳이 꿈이라고 한다면, 다시 가장 행복했던 그때의 마음가짐으로 살고 싶어요. 무언가에 얽매이지 않고 마음을 따라 살아가는 자유로운 삶이요.

아, 그리고 확실히 온종일 몸을 움직이니까 밤에 잠을 너무 잘 자요. 여기 오고 나서는 거짓말같이, 언제 불면증이 있었냐는 듯이 매일 밤 단잠을 자요. 계속 이렇게 잘 자고 싶어요."

정태 형은 한국으로 돌아가서 하고 싶은 일들을 말해주었다. 친구들이랑 취미로 가구를 만들고 싶어 장비와 공간을 마련했는데, 좀 더 집중해서 해보고 싶다고 했다. 요즘은 작은 요트를 알아보고 있다고 했다. 요트 하면 왠지 호화 요트가 떠올라서 너무 비싸지 않냐고 물었더니 호주나 뉴질랜드 또는 미국까지 무리 없이 갈 수 있는 요트는 중형차 가격 정도라고 했다.

그는 다음 해 초에 떠날 계획을 하고 있었는데, 난 꼭 기회가 된다면 그의 배에 타보고 싶다고 말했다. 수영도 못하고 물을 무서워하는 나는 바다 여행을 떠올리면 두려움이 먼저 찾아온다. 하지만 빛이라곤 별빛과 달빛만 있는 망망대해에서 밤하늘을 올려다보는 걸 상상하면 뛰는 가슴을 주체할 수 없다. 난 꼭 그의 여정에 함께하고 싶다.

나의 꿈은 이루어질까.

최정태 · 한국 · 38세

SHORT THOUGHTS _ 다시

●

새로운 시작,

설렘과 두려움을 동반하는 행동.

생각이 많아질수록,

나이가 더해질수록,

경험이 많아질수록

더욱 어려워지는

새로운 시작.

지금까지의 나를 뒤로하고

새로운 나를 만들어가는 시간.

그래서 '다시'라는 단어는

늘 고통스럽지만

설렘을 안고 있다.

CHAPTER 14 /

안식처

오랜만에 혼자서 걷는 시간이었다. 흙길에 남겨지는 내 발자국 소리는 소복이 쌓인 눈밭에 발을 올려놓는 느낌과 비슷했다. 산티아고와 가까워질수록 맑은 날이 아침마다 나를 찾아왔다. 비슷한 온도의 햇살과 우거진 숲속을 걸을 때 맡을 수 있는 풀잎의 향기는 조금도 질리지 않았다. 조금 편하게 평지를 걷는다 싶으면 언제나 그렇듯 다시 가파른 산길이 나타났는데, 숲에 갇힌 듯한 느낌은 황홀하지만 그와 반대로 힘들어하는 육체를 보면서 산은 참으로 나와 맞지 않음을 새삼 느끼곤 했다.

난 높은 곳보단 시야가 트인 공간을 좋아하고, 산속에 있기보단 멀리서 산을 보는 걸 좋아한다. 여행할 때 본능에 끌려 돌아다니다 발걸음을 멈추는 곳은 늘 수평선과 지평선이 보이는 곳이다. 하지만 유일하게 좋아하는 높은 곳이 있는데, 바로 비행기 안 창가 자리다. 구름을 멍하니 내려다보거나 멀리까지 보이는 구름바다를 보고 있으면 기장실에서 보이는 하늘의 모습이 궁금해진다. 상상력이 뻗어나가 둥실둥실 하늘에 떠다니며 바라보는 하늘은 어떤 느낌일지도 궁금해진다.

하늘을 카메라에 담는 내가 하늘에서 하늘을 카메라에 담을 수만 있다면… 지구 안에서 이룰 수 있는 마지막 꿈이겠지. 음, 그다음의 꿈을 이룰 수 있다면 우주에 나가 여러 행성의 하늘을 담는 것.

한 번씩 이 여정이 끝나고 내가 있었던 곳, 또는 새로운 곳으로 가게 된다면 나는 어떤 삶을 살게 될지 생각해 본다. 사진을 선택했으니 사진 작업을 계속하겠지만, 전공자도 아니고 아무런 연고도 없이 오직 하고 싶다는 마음 하나로 사진을 붙들고 있으니 생계를 유지할 수 있는 방법을 찾아 병행해야 할 것이다. 한국으로 돌아갈 생각은 없으니 취업은 힘들 거 같고, 사진만큼 좋아하는 커피를 한번 제대로 배워 볼까. 프라하 생활도 끝내기로 마음먹었으니 어디로 가야 할까. 가족 같은 친구가 있고 커피도 유명한 호주에 가서 한번 살아볼까. 친구가 있으니 마음도 편할 테고, 사진과 커피를 충분히 같이 할 수 있는 환경이지 않을까 하는 생각을 해본다.

나는 이 길이 끝나면 어디론가 다시 떠나야 한다. 일단은 호주로 갈 생각을 하고 있지만, 분명 계획대로 흘러가지 않을 터이니 또 어떤 상황에 직면하게 될지 모른다. 생활 자체가 생각보다 쉽지 않을 수도 있지만, 더욱 난관은 호주 자체가 나와 맞지 않는다면 난 또 어디로 떠나야 하는가이다. 사실 그다음까진 생각해보지 않아서 일단 가서 생각해 보자는 마음이다. 앞으로의 삶을 미리 상상할 수 없지만 어쨌든 숨은 붙들고 있을 수 있는 한국이 있으니.

새로운 시작과 끝을 앞두고 이 길로 떠나오면서 어느 정도 생각과 마음의 정리를 할 수 있지 않을까 하는 작은 기대를 했다. 그런데 정작 나라는 사람이 참으로 많이 변했음을 이 길을 통해 깨달았다. 언젠가부터 나는 상당히 본능적이고 경험주의적인 사람이 되어 있었다는 것. 전혀 알 수 없는 미래를 그리며 걱정이나 희망 따위를 떠올리지 않는다. 그저 현재를 살아가면 그에 따른 미래가 올 것이라는 막연한 생각으로 하루살이 같은 삶을 사는 사람이 되어버린 것이다. 그래서 초반 며칠 동안은 미래에 대해 고민해 보려고 노력했지만, 역시나 직접 경험해 보지 않고서는 알 수 없을 것임을 깨닫고 고민을 멈추었다.

하지만 멈출 수 없는 고민이 하나 있다. 사진 작업에 대한 고민의 끈은 놓고 싶지도 않거니와 놓을 수도 없다. 사진 작업을 하는 삶을 사는 게 아니라 삶 자체가 사진이 되어버린 지금, 난 어떻게 하면 더 깊은 작업을 할 수 있을지를 끝없이 고민한다. 어떻게 하면 한 장의 사진에 내가 바라본 순간의 장면과 그 순간 내가 느낀 감정을 나만의 색으로 솔직하게 담을 수 있을지, 어떤 이야기와 감정을 어떻게 담을 것인지, 내 사진을 봐줄 관객들에게 어떤 감동을 줄 수 있을 것인지 고민한다. 평생을 고민해도 찾을 수 없는 답이란 걸 알면서도 조금 더 짙은 온기와 감동을 지닌 사진을 하고 싶기에, 난 이 행복하고 즐거운 고민을 놓을 수도 없거니와 놓고 싶지도 않다.

숙소까지 얼마 남지 않은 구간에서 만난 지금까지 경험해보지 못한 경사의 산길은, 다시금 산은 나의 인연이 아님을 절감하게 해주었다. 앞을 보며 걸으면 끝이 보이지 않아 육체보단 마음이 먼저 지칠 거 같아 애써 발끝에 시선을 고정한 채 꿋꿋이 나아갔다. 턱까지 차오른 숨과 한껏 부풀어 오른 양쪽 허벅지는 내리막길에 들어섰을 때 비로소 안정을 찾을 수 있었다. 숙소까지 300미터 정도를 내려가는 길이 참 행복했다. 그리고 순간, 역시 행복이란 고통의 총량과 비례한다는 것을 깨달았다.

매일 아침 마시는 커피 한 잔의 여유와 따뜻한 햇살처럼 매일 반복되어도 절대 질리지 않는 것이 하나 더 있다. 숙소에 도착해서 배낭을 내려놓았을 때 땀 맺힌 등과 공기가 접촉하는 순간과 신발을 벗는 순간, 그리고 따뜻한 물로 온종일 몸에 배어 있던 땀을 씻어내는 순간은 가히 말로 설명할 수 없는 또 다른 차원으로 날 이끈다.

이번에도 저녁을 제공해 주는 숙소였다. 부부가 운영하는 숙소였는데, 주인아주머니 '글로리아'가 저녁을 준비할 무렵 주인아저씨 '펠릭스'는 순례자들을 정원에 모아놓고 본인 고향의 전통 방식으로 사이다 한 잔씩을 주겠다 했다. 그는 마치 한 편의 퍼포먼스 쇼를 하듯 단상 같은 곳으로 올라가 한 손에 쥔 컵을 배꼽 밑 부분에 고정하고 다른 한 손으로는 사이다병을 머리 위까지 치켜들어 세심하게 조절하며 사이다를 붓기 시작했다. 짧게나마 공기와 많은 접촉을 할수록 맛이 좋아진다는 설명도 빠트리지 않았다.

펠릭스는 퍼포먼스를 좋아하는 듯했다. 저녁 식사가 시작되고 마지막 디저트를 준비할 때 또 다른 쇼를 보여주었는데, 이번엔 불 쇼였다. 디저트 위에 적정량의 설탕 가루를 뿌리고 토치로 설탕을 녹여 겉은 바삭하고 속은 촉촉한 상태로 디저트를 내놓았다. 사이다 퍼포먼스 때도 그랬지만 순례자들은 열렬한 환호와 박수갈채를 보냈다. 펠릭스는 덧없이 환하게 웃었고, 글로리아는 귀여운 작은 아이를 보는 듯한 눈빛으로 그 모습을 지켜보았다. 밝고 귀여운 커플을 보고 있자니 괜히 흐뭇해지는 기분. 이 숙소는 참 좋은 에너지를 갖고 있었다.

은은한 주황빛이 가득한 거실에 앉아 한참 동안 일기를 쓰다 보니 하나둘 방으로 들어가기 시작했고 거실엔 세 사람만 남게 되었다. 빈 그릇 치우는 걸 도와드리고 셋이 같이 앉아 따뜻한 차와 함께 깊은 밤이 되도록 이야기를 나누었다.

"글로리아, 순례자 숙소를 운영하게 된 이유가 있나요?"
"3년 전 이맘때쯤 처음으로 순례길을 걸었어요. 한 권의 순례길 책을 읽고 바로 길로 나섰었죠. 나에게 이 길은 너무나 특별한 시간으로 기억됐어요. 감사한 일들을 겪으며 언젠간 꼭 순례자 숙소를 해야겠다고 생각했어요.

그리고 운이 좋게도 올해 지금, 이렇게 당신을 만날 수 있는 공간을 마련할 수 있게 됐죠. 내가 처음 길을 걸으며 받았던 수많은 감사함을 다른 순례자들에게 나누어주고 싶었어요. 그때 내가 순례자로서 받는 위치에 있었다면, 지금은 조금 더 줄 수 있는 위치에 있는 거 같아요. 어떻게 하면 순례자들이 이 공간에서 좋은 추억을 만들 수 있을지 펠릭스와 함께 매일 고민한답니다."

"당신은 꿈이 있나요?"

"지금, 내가 서 있는 주변 모든 것을 만끽하고 싶어요. 지금까지 내가 느낀 경험들 그리고 앞으로 내가 겪게 될 모든 경험을 차곡차곡 쌓아나가며 배우고 또 배우면서 즐기고 싶어요. 지금 이 순간 최선을 다해서 집중하고 즐기는 것, 이게 내 꿈이에요.

"펠릭스, 당신은요? 숙소를 하게 된 이유가 있나요?"

"음. 저도 글로리아와 크게 다르지 않아요. 난 순례길을 걸을 때마다 제각기 다른 사람들과 서로를 알아가고 새로운 것을 배우고 소통하고 나누는 게 너무 좋았어요. 나이가 적진 않지만, 계속해서 새로운 걸 배워나가는 거죠.

이곳에서 만나는 사람들이 자기가 가진 것을 공유하고, 배우고, 나눌 수 있는 공간을 만들면 더욱더 많은 사람이 새로운 걸 배울 수 있는 시간을 가질 수 있지 않을까 생각했어요. 때마침 글로리아가 같이

해보겠냐는 제안을 했고, 저는 스스럼 없이 동참했죠."

"당신은 꿈을 갖고 있나요?"

"나의 모든 것이라고 할 수 있는 이 공간에서 지치지 않고 계속 있고 싶어요. 자연에 둘러싸인 이 조용한 공간에서 새로운 순례자들을 만나고, 그들의 새로운 경험과 생각들을 알고 싶어요. 나는 항상 같은 곳에 있지만, 누구와 어떤 대화를 하느냐에 따라 매일 새로운 곳에 있는 듯한 느낌을 받아요.

그래서 난 지금 너무 행복해요. 장소는 언젠간 옮겨질 수도 있겠지만, 내가 지금처럼 계속해서 유지하려는 공간의 가치와 의미는 절대 변하지 않을 테니까요."

처음으로 길에서 만난 순례자가 아닌, 순례자를 맞이하는 사람들의 이야기를 담았다. 길을 걸으며 길의 일부가 된 사람이 아니라 길을 걷는 사람을 도와주며 길의 일부가 되는 사람들.

누군가와 무언가를 함께 하고, 내가 가진 것을 누군가에게 나누며 행복이라는 감정을 느끼는 것. 내가 나 자신을 만족시키며 느끼는 행복이 아닌, 타인을 만족시키며 느끼는 행복.

그렇게 주변에 따뜻한 손길과 도움을 주며 주위의 온도를 높여주는 이들을 만나면 그 온기를 어렵지 않게 느낄 수 있다. 측정할 수 없는 온기를 내어주거나 느낄 수 있다는 건 참 신기하기만 하다.

한 사람이 한 권의 책과 같다라는 말이 맞다면, 어쩌면 글로리아와 펠릭스는 다양한 이야기를 들고 길로 나선 사람들과 함께 숨쉬며 그들이 놓고 간 책으로 서재를 채워나가는 게 아닐까.

Gloria Ana Garcia Medina · 스페인 · 53세

Felix Sacho Calbo · 스페인 · 52세

SHORT THOUGHTS _ 안식처

●

포근한 미소가 있고

따뜻한 물이 나오고

맛있는 감자수프와

푹신한 이불이 있는 곳.

푸른 잔디 마당과

낡은 벤치에 앉아 올려다 보는

별빛 무리,

스쳐가는 바람에

흔들리는 나무 소리에

모든 긴장이 풀리는 모습을 보면

나에게 안식처는 자연.

그래서 언젠간 꼭 숲속에 집을 짓고 싶다.

내가 머물던 그곳처럼.

CHAPTER 15

온 기

산티아고까지 300킬로미터. 어느덧 여정의 중반을 넘어섰다. 지금까지 걸어 온 길이 앞으로 남은 길보다 길어졌다고 느꼈을 때, 시간은 계속 흐르고 있었고 내 다리도 계속 움직이고 있었다는 사실을 새삼 깨닫게 된다. 많은 사람의 이야기와 함께 걸어 온 이 길에 날이 갈수록 난 매료되었고, 앞으로의 여정이 지나온 여정보다 짧아졌다는 생각에 마음 한쪽엔 벌써 아쉬움이 감돌기 시작했다.

산티아고에 도착하면 어떤 느낌일까. 지금까지 걸어온 길의 흔적이 떠오르고 하루하루 쌓인 순간의 감정들이 북받쳐 올라 눈물을 터뜨리게 될까. 아니면 오히려 덤덤하게 여정의 끝을 받아들이게 될까. 이 역시도 아무리 지금 상상해 본다고 해도 그곳에 도착해 봐야 알 수 있겠지.

종일 짙게 내려앉은 안개와 보슬비와 함께 길을 걸었다. 구름도 한층 낮아져 저 멀리 보이는 산마루의 모습을 감추기도 했다. 순례길을 걷기 시작했던 첫날이 떠올랐다. 비와 함께 시작했던 길, 지금처럼 생각에 빠지거나 주변 풍경을 감상할 여유조차 없이 그저 앞 사람 뒷모습을 따라가기 바빴던 그때. 지금은 비가 오면 그 자체를 즐기게 되었다. 우비를 걸치고 걷는 건 여전히 불편하지만, 일상에서 비 오는 창밖 풍경을 감상하듯 난 빗속에서 운치를 즐기며 발을 내디딘다.

비가 오는 날엔 세상의 소리가 달라진다. 한층 더 고요해진 세상은 우리를 주변 사물의 소리에 더욱 집중하게 한다. 흙이 젖어가는 소리와 빗물을 머금는 나뭇잎 소리, 젖은 아스팔트 위를 스쳐 가는 자동차 타이어 소리와 물방울을 튕기는 우산 소리는 비가 오지 않으면 들을 수 없는 소리다. 이렇게 특별한 날에만 들을 수 있는 자연의 소리가 있기에 우리는, 무의식적으로 그동안 도시 소음에 지친 귀를 눕혀놓고 그동안 곤히 잠들어 있던 다른 귀를 꺼내 세상의 다른 소리를 듣는 게 아닐까.

어렸을 땐 비가 오는 회색 짙은 날이 무서웠다. 아직도 선명하게 기억되는 장면이 있다. 'R'이란 알파벳 카드였는데, 노란 우비를 입고 장화를 신고 노란 우산을 들고 있는, 얼굴이 가려진 작은 아이 그림이 있던 카드였다. 그림 밑엔 'rain'이란 단어가 적혀 있었다. 아무것도 몰랐던 나이였지만, 지금 그때의 감정을 다시 떠올려도 적막하고 우울한 느낌이었고 그 느낌이 무서웠다. 하필이면 비 오는 날에 카드를 봐서였는지, 엄마 손을 잡고 집으로 돌아가는 그 길이 무서웠던 기억이 있다.

나이에 숫자가 더해지면서 이제는 비 오는 날의 적막과 우울을 즐길 수 있게 되었다. 비 오는 날이면 유독 감성이 풍부해져 조금 더 우울한 선율의 음악을 틀어놓고 완전하게 그 분위기에 빠지곤 한다. 하지만 어렸을 적 느꼈던 감정이 아직도 선명하게 기억에 남아 있다는 건 참으로 신기한 일이다.

처음으로 음악과 함께 걸었던 날이 있었다. 그날만큼은 분위기에 취해 걷고 싶었다. 순례자로서 순례길을 걷는 게 아닌, 그저 비를 맞으며 걷는 일상 속 여느 하루처럼. 이어폰이 없으니 나만 들을 수 있을 정도로 볼륨을 낮추고 늘 비와 함께 해주는 '넬'의 노래를 선택하여 재생 버튼을 눌렀다. 『Slip away』라는 앨범은 넬 앨범 중 특히나 깊은 감정선을 건드리는 곡들이 즐비해 있는데, 난 비가 올 때 '그리고, 남겨진 것들'을 즐겨 듣는다. 평소보다는 조금 더 느린 걸음으로, 음악의 선율과 우비 위로 떨어지는 빗소리의 하모니에 귀를 기울이며, 그날만큼은 감정에 집중하며 걸었다. 넬의 음악을 들을 땐 항상 푸르스름한 해 질 녘 빛이 감도는 파란 방 안 침대에 누워 있곤 했다. 넬의 노래를 들으니 그때가 떠올랐다. 이제 같은 노래에 새로운 기억이 짙게 쌓여서 앞으로는 이 노래를 들을 때마다 두 개의 순간 영상이 머리에 맴돌 것 같다.

숙소에 도착할 때쯤, 하늘은 여전히 어두웠지만 비는 멈췄다. 근처 마트에서 장을 보고, 오랜만에 토마소 샌드위치를 만들어 먹었다. 다행히 전자레인지가 있어 치즈도 녹일 수 있었다. 내가 머물던 방은 2층에 있는 작은 3인실이었다. 지붕 모양을 따라 대각선으로 뻗은 천장에 작은 창문이 하나 있었다. 창밖 너머엔 먹구름으로 가득한 하늘이 보였는데, 길 위에서의 감정이 숙소까지 자연스럽게 이어지는 기분이 들었다.

한참을 누워 있다 테라스로 나갔다. 몇몇 순례자들이 앉아 있었다. 난 자판기에서 커피 한 잔을 뽑아 그들과 나 사이에 빈 테이블 하나를 놓고 앉아 일기장을 펼쳤다. 그때 키가 큰 아저씨 한 명이 다가와 같이 앉아도 되냐고 물었다. 그는 '피에르', 프랑스에서 온 사람이었다.

그는 티백을 넣은 따뜻한 차 한 잔을 놓고 작은 노트를 꺼내 무언가를 열심히 쓰기 시작했다. 우리는 한동안 아무 말 없이 열심히 펜을 움직였다. 그러다 그가 대뜸 나에게 사랑한 적이 있냐고 물었다. 갑작스러운 그의 질문을 받고 잠시 당황하고 있을 때, 순간 그동안 내게 질문을 받은 사람들이 이런 느낌이었겠구나 하는 생각이 들었다. 아주 당황스러웠겠구나. 나는 그에게 사랑이 무엇인지 되물었다. 분명 사랑을 해본 거 같긴 한데, 다시 생각해 보면 그게 진정한 사랑이었는지 잘 모르겠다고 답하며. 갑자기 처음 만났던 레네 아저씨가 떠올랐다. 조건 없는 사랑을 꿈꾼다는 그에게 '무조건'이란 부사 없이, 사랑이란 감정 자체의 의미는 무엇이었을까.

결국 사랑이란 감정을 먼저 알아야 조건 없는 사랑을 할 수 있는 게 아닐까. 다시 그를 찾아가 물어보고 싶은 마음이 굴뚝같았지만, 일단 내가 생각하는 '사랑'을 생각해 보기로 한다.

그를 앞에 두고 꽤 오랫동안 생각을 했지만, 지금까지 내 경험을 토대로 생각한 사랑이란, 사랑은 그저 사랑이라는 것. 사랑한다고 느꼈을 때를 돌이켜보면 어떠한 이유도 없었고 그저 사랑이란 감정을 느꼈기에 사랑했다는 것. 사랑이라는 단어로밖에 형용할 수 없는 감정을 느낄 때, 나는 그게 사랑이라고 생각했던 것이었다.

피에르는 내 이야기에 흐뭇한 미소를 짓더니, 내가 사랑을 했던 것이라고 인정해 주었다. 이 신비로운 상황은 또다시 나를 당황스럽게 만들었지만, 흥미로웠다. 그에게 다시 사랑이 무엇이라 생각하는지 물었다. 그는 아직 알아가고 있는 과정이라고만 대답했다.

"피에르, 당신은 왜 이 길을 걷나요?"

"여러 가지 이유가 있어요. 지금까지 내 마음 안에서 맴돌던 좋았던 기억과 좋지 않았던 기억 모두를 마음 밖으로 꺼내고 싶었어요. 단순히 회상하고 잊어버리는 게 아니라, 어떤 것이라도 하나하나 그때의 순간을 기억하면서 마음속에서 내보내고 싶었어요. 마음의 평화를 찾고 싶은 이유도 있었어요. 은퇴하면서 괜찮을 줄 알았지만, 마음이 많이 복잡했거든요. 작년에 순례길에 올랐을 때 행복했던 기억을 되살리고 싶었어요. 그때는 순간의 좋은 감정으로 끝나곤 했었는데, 이번엔 길 위에서 느낀 순간의 좋은 감정이 일상에 스며드는 감정으로 남을 수 있도록 하고 싶었어요. 조금 우울해져 있는 나 자신이 다시금 긍정적인 사람의 모습을 되찾길 바라는 마음도 있었죠.

길 위에서 만나는 교회에도 가고 싶었어요. 내 주변 사람들과 어디선가 누군가의 도움이 필요한 사람들을 위해 좋은 일이 가득하길 기도하고 싶었거든요. 음… 그리고 앞으로 2~30년간 무엇을 할 수 있을지 찾아가고 싶어요. 돈을 벌기 위한 일보다 내 이후의 세대를 위한 일을 찾아보고 싶어요."

"당신은 꿈이 있나요?"

"더욱더 긍정적인 사람이 되고 싶어요. 따뜻한 온기를 남겨주는 사람으로 기억되고 싶죠. 그래서 언젠가 내가 죽고 나서 누군가가 나를 떠올릴 때, 그들의 마음속에 온기가 피어오를 수 있으면 참 좋을 거 같다고 생각해요."

Pierre Bossli · 프랑스 · 63세

SHORT THOUGHTS _ 온기

●

내일 속 내 모습을 상상하고
나는 어떤 색을 좋아하는지
내겐 어떤 색이 잘 어울리는지
이 색 저 색을 자신에게 흩뿌리며
삶의 시간을 채워간다.
색은 시간이 지날수록 바래지고
종종 다시 복구될 거라는 생각에
덧칠하기도 하지만.
늘 그렇듯
결국은 본연의 모습으로 돌아간다.
바래지면 바래지는 대로
그만의 아름다움이 있음을
잊지 않고 싶다.

249

CHAPTER 16 /

받아들임

사람들의 이야기를 차곡차곡 쌓으며 길을 걷고 있다. 잉크에 녹아든 그들의 이야기는 여백으로 가득했던 작은 수첩을 채워나갔고, 수첩에 잉크가 많이 젖어 들수록 마음의 배낭엔 무게가 쌓여갔다.

한 사람 한 사람이 다르다는 건 누구나 아는 사실이다. 하지만 똑같은 길을 걷고 똑같은 일상을 보내는 순례길 위에서 만난 사람들의 삶의 이야기는 상상했던 것보다 더욱 직관적으로 다가왔다. 정말 같은 사람이 하나도 없다는 사실을 조금 더 깊게 느꼈던 시간이었다.

산티아고까지의 여정에서 앞으로 또 어떤 이야기가 쌓일까. 난 그들의 이야기를 놓치지 않고 잘 담아 놓을 수 있을까. 감히 내가, 그들의 이야기를 사람들에게 들려줘도 괜찮을까. 문득 이야기가 쌓일수록 부담의 무게도 함께 커지고 있음을 느꼈다. 감당해야 하는 무게라는 걸 잘 알면서도 부담을 느낀다는 사실 자체는 거부할 수 없었다. 하지만 완벽하지 않은 나 자신을 인정하고 내가 만드는 결과물 또한 완벽할 수 없다는 걸 인정하고 받아들이는 것, 그 깨달음을 얻는 게 중요할 거라는 생각을 조심스레 해본다. 지금 내가 할 수 있는 한 최선을 다하여 결과물을 만들고, 훗날 당시엔 보지 못했던 부족한 부분을 냉정히 바라보며 그다음 결과물을 통해 계속 보완하고 채워나가는 과정이 중요하리라. 그러니 내가 지금 당장 할 수 있는 건 그들의 이야기와 그들의 모습을 진심으로 담는 것이다.

사람들의 이야기를 담아갈수록 난 이런저런 생각으로 머리가 복잡해지곤 했다. 시간의 흐름을 전혀 감지하지 못할 정도로 생각의 꼬리에 휘감겨 있을 때도 많았다. 나는 왜 사진을 좋아하는지, 특히 왜 하늘을 좋아하는지. 하늘을 보며 난 도대체 무엇을 느끼길래 하늘에 집착하는 것인지. 왜 사진을 하게 됐고, 왜 계속하고 싶은지. 사진을 하겠다는 결정을 왜 하게 됐는지. 그리고 나는 왜 책을 쓰려고 하는 건지. 나는 왜 체코에서 사는 건지. 왜 이렇게 사는 건지….

지금까지 내가 걸어 온 삶의 길을 되돌아보며 현재 내가 이곳에 서 있는 점(点)까지 이어져 온 과거의 점들을 되짚어보고 '왜'라는 질문을 수없이 던졌다. 답을 얻기 위해서라기보단 그저 내 선택의 이유를 알고 싶었던 것 같다. 그러다 몸이 지치면 종종 내가 무슨 말을 하고 있었는지 기억하지 못할 때도 있었다. 스스로 어이없다고 생각하면서도, 그 또한 재밌는 경험으로 기억한다.

이 길은 신기하게도 걸으면 걸을수록 사람을 매료시킨다. 계속 걷고 또 걷고, 걷는 것 말고는 아무 걱정할 필요 없이 그저 걷는다. 걸으며 주변 풍경을 감상하고, 그 모습을 사진에 담고, 나 자신과의 시간을 갖는다. 숙소에 도착하면 씻고, 먹고, 잔다. 그리고 다음 날이 되면 또 걷는다. 이렇게 단조로울 수 있나 싶은 정도의 일상으로 가득한 순례 길에서의 시간은, 이유를 알 수 없는 어떠한 큰 매력에 빠지게 한다.

그러면서 알게 된 한 가지 새로운 사실이 있다. 걷기만 해도 살아진 다는 것.

피에르와의 대화가 끝나갈 무렵 멀리서 한 여성이 씩씩하게 걸어오는 형상이 보였다. 한 걸음 한 걸음을 힘차게 내뻗는 그녀는 에너지가 너무 가득해서 멀리서도 느낄 수 있을 정도였다. 그녀는 금세 우리 앞을 스쳐 지나 숙소 안으로 들어섰다. 동그란 안경과 펄럭이는 회색 운동복이 인상적이었던 그녀는 얼마 지나지 않아 테라스로 나와 작은 샌드위치로 저녁을 대신했다. 친화력이 좋은 사람이었던 걸까. 그녀는 주변 순례자들과 원래 알고 지낸 사이처럼 밝은 분위기 속에서 대화를 주고받았고, 어느덧 피에르와 내가 앉아 있던 테이블로 넘어와 있었다. 피에르는 당황하지 않고 그녀에게 눈인사를 살짝 건네더니 계속해서 자신의 이야기를 이어 나갔다.

그녀의 이름은 '고다'. 그녀는 피에르의 이야기를 귀를 쫑긋 세우고 경청했다. 난 티를 내진 않았지만 살짝 당황한 상태였고, 내 귀는 피에르의 이야기에 집중하고 있었지만 내 눈은 그와 그녀를 번갈아 보느라 정신이 없었다.

밝은 모습의 그녀는 옅은 미소와 맑은 눈망울로 피에르의 이야기를 계속 들었다. 그녀의 모습은 참 따뜻하고 아름다웠다. 누군가의 이야기를 진지하게 듣고 있던 그녀를 보며, 타인의 이야기를 잘 듣는 사람은 좋아할 수밖에 없다는 말을 자연스레 떠올렸다.

피에르가 자리를 일어나고 그녀와 단둘이 자리에 남게 되었다. 그녀는 피에르와 내가 어쩌다 그런 대화를 하게 되었는지 궁금해했다. 난 소소한 프로젝트에 대해 그녀에게 설명했다. 그녀는 지금까지 몇 명의 이야기를 들었는지, 어떤 내용의 이야기였는지 물었지만, 비밀이라는 나의 대답에 그녀의 호기심은 더욱 커지는 듯했다.

우리는 피에르의 이야기를 곱씹으며 사랑에 관한 이야기를 이어갔다. 인생에 대한 생각도 나눴고, 순례길이 끝나고 제자리로 돌아갔을 때 어떤 느낌일지 상상하는 시간을 갖기도 했다. 그러다 나의 제자리란 어디일까라는 생각에 잠기게 되었다. 지금까지 나의 자리들은 하나같이 방랑자 같은 모습이었다.

11살에 처음 외국으로 유학을 떠났던 나는 20대 중반과 후반이 겹치던 어느 시기에 한국으로 돌아왔다. 필리핀, 중국, 콜롬비아에서 반평생이 넘는 시간을 홀로 떠돌다 돌아왔지만, 난 한국에서 2년도 채우지 못하고 다시 떠났고 프라하에 머물게 되었다. 나에게 '제자리'는 어디였을까. 제자리까진 아니더라도 앞으로 마음의 고향이 될 곳이 프라하라는 사실은 선명하다. 나에게 프라하는, 처음으로 살아보고 싶다는 마음의 울림이 일렁였던 도시였고, 그 마음을 따라 처음으로 스스로 선택하고 그 선택에 대한 책임을 지며 살았던 곳이다. 그래서 프라하를 떠날 시간이 가까워질수록 나의 마음은 빼낼 수 없는 짧은 가시 덩어리가 박힌 느낌으로 가득했다.

고다는 내게 인생철학이 있냐고 물었다. 나는 10년 넘게 가진 철학이 있다고 했다. 그녀는 그게 뭐냐고 물었고, 나는 '받아들임'이라 했다. 고다는 다시 '받아들임'이 무엇이냐 물었다. 난 아직 명료하게 설명해 줄 수준에 도달하지 못했다고 말했다. 다만 그저 나라는 존재 안과 밖에서 일어나는 모든 일에 대한 이해를 넘어서 마음으로 받아들이는 연습을 하고 있다고 대답했다.

그녀는 자신의 깊은 속 이야기를 꺼내기 시작했다. 수많은 상황과 사건, 그에 따라 그녀가 감당해야 했던 감정, 그리고 잃어버린 마음의 길을 찾느라 이리저리 방황하는 마음. 내가 할 수 있는 건 오직 들어주는 일밖에 없었다. 섣부른 위로와 응원은 그녀에게 독이 될 듯해서. 그녀는 내가 바라본, 피에르의 이야기를 듣고 있던 자신의 모습을 나에게서 발견했던 걸까. 아니면 자신의 말에 실린 감정에 벅차올랐던 걸까. 그녀의 눈가는 촉촉해지기 시작했다.

촉촉했던 투명한 물기는 덩어리가 되어 뺨 위로 떨어지기도 했고, 이야기 도중에 정적의 틈을 만들던 그녀는 테이블 위에 한참을 엎드렸다가 다시 이야기를 이어 나가기도 했다. 조금 진정이 되었던 걸까, 그녀는 다시 내게 받아들임이 무엇이냐고 물었다.

나는 그녀에게 조심스럽게 말했다. 나에게서 일어나고 있는 일과 그에 반응하는 나의 생각과 감정을 있는 그대로 바라보는 것, 이것이 이해의 시작이고 받아들임으로 가는 과정인 것 같다고. 그리고 그녀에게 물었다.

"고다, 당신은 이 길을 왜 걷나요?"

"나 자신을 단순하게 만들고 싶었어요. 항상 마음속에서 혼란이 일어나요. 생각이 너무 많은 거 같기도 한데, 그 생각이 종종 나를 삼킬 때가 있어서 스스로 힘들게 만드는 듯해요. 몸이 움직이지 않을 때까지 아무 생각 없이 걷고 싶었어요. 그러다 한 번씩 나 자신으로부터 벗어나는 동시에 한 발짝 뒤로 물러나서 나를 바라보고 싶기도 했어요. 당신의 말을 듣고 나니 좀 더 선명해진 게 있네요. 내 안에서 일어나는 모든 모순적인 부분을 받아들여 보고 싶었던 것 같아요."

"당신은 꿈이 있나요?"

"받아들인다는 걸 해보고 싶어졌어요. 나라는 사람을 있는 그대로 받아들이고 싶어요. 그리고 생각을 최대한 단순하게 하고 고민이 될 때 바로 행동으로 옮기는 방법을 배우고 싶어요. 그러면 저를 옥죄는 생각에서 벗어날 수 있을 거 같다는 생각이 들어요."

Goda Pavilanskaite · 리투아니아 · 23세

SHORT THOUGHTS _ 받아들임

•

나의 모습을

나의 생각을

나의 감정을

나의 시선을

나의 이상을

나의 현실을

나의 변화를

나의 과거를

나의 미래를

그리고

나의 현재를

머리로 하는 이해를 넘어

마음으로 하는 받아들임.

오랫동안 지닌 신념이라고 해야 할까.

그저

조금이라도 더 나은 사람.

조금이라도 더 도움이 되는 사람이

되고 싶다는 욕심 때문인 듯하다.

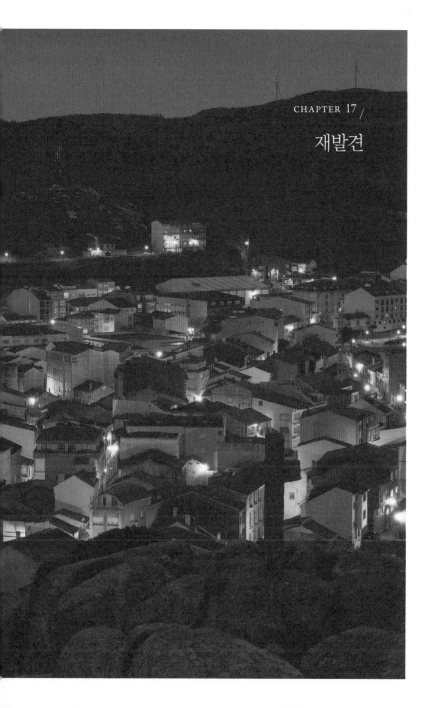

CHAPTER 17 /

재발견

하루는 50킬로미터를 넘게 걸었고, 그다음 날엔 40킬로미터를 넘게 걸었다. 이틀 동안 홀로 천천히 그리고 묵묵히 100킬로미터 가까이 걸으며 세상에 혼자 남겨진 기분을 음미하기도 했던 시간. 산티아고에 일찍 도착하고 싶어서도, 이 길에 지쳐서도 아니다. 그저 몸이 지쳐 멈출 때까지 걸어보고 싶었다. 때론 천천히, 때론 빠르게, 때론 많은 생각을, 때론 아무 생각 없이 이 길 위에서 최대한 많은 시간을 보내며 하염없이 걷고 싶었다. 생각해 보니 살면서 이렇게까지 걸어본 적이 없었던 거 같아서.

버리고 싶은 마음이 간절했던 텐트는 더 이상 짐이 아닌 나의 일부가 되었다. 비록 단 한 번, 그것도 숙소 마당에서 사용했던 게 전부였지만, 사용하지 않더라도 어디서든 몸을 눕힐 수 있는 공간을 만들 수 있다는 안도감과 점점 치열해지던 숙소 쟁탈전에서 조금 멀어질 수 있는 여유를 가져다주었다. 오랜 시간 먼 길을 걷는 날이면 더더욱 그러했다. 걷다가 길 위에서 저무는 노을을 바라보고 머리 위로 별 무리가 떠오르기 시작하면 적당한 노지를 찾아 별과 달을 벗 삼아 함께 잠들면 되기 때문이겠지.

길을 걷다 만난 크고 작은 성당들은 희한하게도 하나같이 굳게 닫혀 있었다. 그러다 보니 들어가지 못하고 스쳐 지날 수밖에 없었는데, 한 번은 어느 마을의 성당에 들어갈 수 있었다. 마을 중심에 큰 성당이 있었는데 가까이 가지 못하고 멀리 서서 두리번거리길 반복하다 성당에서 나오는 사람들을 확인하고 조심스럽게 들어섰다. 드디어 열려 있는 성당을 찾은 것이다.

난 종교는 없지만, 성당의 분위기를 좋아한다. 깊은 울림의 오르간 소리에 감동받고, 작은 촛불 빛으로만 밝혀진 어둑한 공간에서 느낄 수 있는 차분함을 좋아한다. 나무 의자에 앉아 높은 천장을 보고 있으면 마음이 열리는 느낌도 좋다. 이유를 알 순 없지만, 성당에서 느껴지는 성당만의 신성함은 매번 신비롭게 다가온다.

성당엔 나 혼자였다. 너무 큰 공간에 혼자 있어 부담스럽기도 했지만, 난 잠시 의자에 앉아 주변을 둘러보고 떠나기 전 마지막으로 성당을 한 바퀴 돌아보았다. 그때 어느 인자한 인상의 아저씨가 내게 다가왔다. 난 그곳에 있어서는 안 되는 시간인가 싶어 어쩔 줄 몰라하고 있었는데, 그가 내게 다가와 '당신께 기도를 해드려도 괜찮을까요?'라고 말을 건넸다. 얼떨결에 고개를 끄덕인 내 머리 위에 그는 살포시 그의 양손을 얹었다.

"하나님.

이를 지켜주시고,

이를 사랑해주시고,

이를 안아주시며,

이와 함께해주시고,

이에게 용서와 빛을 내려주소서.

아멘!"

그는 기도를 끝내고는 미소를 지으며 무사히 길을 잘 걷길 바란다는 인사를 남긴 채 사라졌다. 난 움직일 수 없었다. 잠시 숨이 멎은 듯했고, 생각도 할 수 없었다. 그러다 다시 옅은 숨을 쉬기 시작하면서 긴장했던 몸은 힘을 잃었다. 난 한참을 의자에 앉아 있었다. 몸이 부들부들 떨리기 시작했고, 눈물이 나올 것 같았다. 너무 꿈 같은 순간이어서, 느껴보지 못한 감동이어서, 난 감정을 주체할 수 없었다.

땀으로 가득했던 내 머리가 불쾌했을 텐데. 냄새도 났을 거고, 내가 그의 말을 알아듣는지도 몰랐을 텐데. 그는 처음 보는 내게 진심 어린 응원과 축복을 전해주었다. 어휘력이 얕은 난 그의 마음과 행동을 아름답다는 말로밖에 설명할 수 없다.

얼이 빠진 채로 성당을 나와 다시 길을 걷기 시작하면서 한 가지 다짐했다. 진심으로 내 앞에 있는 이를 위해 기도해 줄 수 있는 마음을 가진 사람이 되고 싶다고.

북쪽 해안가를 따라 걷는 마지막 구간에 들어섰다. 산티아고와 가까워질수록 길은 내륙지방으로 향하고 있었기에, 그 어느 때보다 바다를 조금 더 마음에 담으며 걷고 있을 때 동행자를 만나게 되었다. 아이슬란드에서 온 '에거트' 아저씨와 독일에서 온 '라라' 그리고 영국에서 온 '폴'.

늘 재밌는 이야기가 가득했던 폴은 유머 보따리에 담겨 있던 이야기를 틈틈이 풀어내 자신의 이야기에 대한 우리의 반응을 관찰하곤 했는데, 에거트는 그의 유머를 매번 진지하게 듣고 분석하는 바람에 폴을 난처한 상황에 빠트리기 일쑤였다. 라라는 폴의 이야기에 웃어주면서도 어떻게 하면 더 재밌는 이야기가 될 수 있을지 개선 사항을 알려주기도 해서 폴을 당황하게 하기도 했다. 하지만 폴의 유머에 대한 불굴의 의지는 멈추지 않았고, 그들이 웃을 때까지 새로운 이야기를 계속 풀어냈다.

나는 웃음 담당이었다. 에거트와 라라의 미적지근한 반응에 당황하는 폴의 마지막 시선이 늘 나를 향하고 있었기 때문이었다. 사실 내가 웃음을 보인 진짜 이유는 그의 유머가 재밌었다기보다 폴의 이야기가 그들 안에서 흡수되지 못하고 튕겨 나오는 상황 때문이었다.

단 1초의 정적도 존재하지 않았던 우리의 길에 유일하게 고요함이 짙었던 순간이 있었는데, 바다를 볼 수 있는 끝자락 구간에서 잠시 쉬었던 카페에서였다. 우리는 누구도 쉽게 말을 꺼내지 못했다. 바다가 보이는 테라스에서 우린 커피와 맥주를 들고 난간에 걸터앉아 하염없이 바다를 바라보았다. 마지막으로 볼 수 있는 바다라는 걸 모두 알았기 때문일까. 그래서 같은 시선으로 바다를 바라보며 같은 감정을 느꼈던 걸까. 우리는 한참 동안 그렇게 시간을 보내고 다시 길 위로 나섰다. 굳게 입을 다물고 누구도 말을 꺼내지 않은 채로.

우린 몇 날 며칠을 함께 걸었다. 한 곳에서 이틀 넘게 쉬어갈 때도 있었고 숙소에 자리가 없을 땐 에어비앤비로 숙소를 구해 함께 머물기도 했다. 길을 걷다 작은 과일 노점이 보이면 체리 한 봉지를 사서 체리 씨 멀리 뱉기 시합을 하기도 했다. 50대의 에거트, 40대의 폴, 20대 후반의 라라와 나. 국적과 나이를 넘어선 우리가 어떠한 괴리감도 없이 마치 유년 시절로 돌아간 듯 열심히 씨를 뱉고 있는 상황은 지금 생각해도 신기하다.

저녁 식사를 할 때 술을 즐겼던 그들은 술이라면 한 방울도 입에 대지 않는 나를 어린아이 보듯 귀여워했다. 짓궂게 한잔 마시라며 권유가 아닌 강요를 즐기기도 했는데, 결국 한 번씩 술을 입에 댄 후 얼굴에 온갖 주름이 잡힌 표정을 짓기라도 하면 그들은 배꼽을 잡고 웃었다. 밝은 미소가 가득했던 우리의 여정은 더없이 즐겁기만 했다.

하루는 에거트와 같은 방에 있었다. 막상 단둘이 있으니 넷이 함께 있을 때보단 말 수가 현저히 줄었다. 나는 문득 그에게 살고 싶은 곳이 있냐고 물었다. 당시 체코에 살고 있던 난 그저 살고 싶다는 마음으로 머물기 시작했었다. 하지만 먹고 사는 문제가 아닌 상황에서 합법적으로 머물기 위해서는 해결해야 할 문제가 너무 많아 마음의 고통이 컸다. 그냥 아무것도 하지 않고 살아 보고 싶었던 건데, 국경이란 벽은 쉽게 넘을 수 없을 만큼 한없이 높기만 했다. 그래서 유럽 연합국 안에서 비교적 자유롭게 거처를 옮겨 다닐 수 있는 유럽인들의 생각이 궁금했다. 그들이 살고 싶어 하는 곳은 어디일까.

에거트는 스페인에서 살고 싶다고 했다. 아름다운 자연이 있지만 늘 쓸쓸하고 고립된 느낌의 아이슬란드보다는 사계절 내내 따뜻하고, 친절하고 밝은 사람이 많은 스페인에서 살고 싶다 했다. 그러면 자신도 조금 더 밝게 살 수 있을 거 같다고, 그리고 실제로 이주 계획을 진행하고 있다고 말했다.

나는 그의 이야기를 담고 싶다고 했다. 그는 나의 질문을 듣더니 생각할 시간이 필요하다고 했다. 때마침 라라가 방에 들어왔고, 그녀는 내 옆에 앉아 나와 함께 그의 대답을 기다렸다.

"에거트, 당신은 왜 이 길을 걷나요?"

"나에게는 네 가지 이유가 있습니다. 먼저 난 하이킹을 좋아해요. 항상 몸을 움직이는 걸 좋아해서 길 위로 나선 거죠.

두 번째 이유는 혼자만의 시간이 필요했기 때문이에요. 회사에 가면 늘 직장 동료들과 함께 있고, 집에 가면 늘 가족과 함께 있으면서 어느 순간 혼자만의 시간이 필요하다는 생각이 들었어요. 온전히 혼자가 되어서 스스로와 대화하는 시간을 갖고 싶었던 거죠. 그래서 이왕 순례길에 오는 거, 사람들이 많이 찾지 않는 북쪽 길로 온 거예요.

세 번째 이유는, 조금 모순적이긴 하지만, 평소 비슷한 사람들과 비슷한 대화에서 벗어나 국적과 나이가 다른 세계 각지의 사람들을 만나 새로운 관계를 맺고 이야기를 듣고 싶었어요. 혼자 있고 싶어 떠나왔지만 또 사람을 찾는다는 게 참 모순적이죠? 모두가 그런 건 아니겠지만, 대부분 진지한 삶의 고민과 생각을 갖고 이 길을 찾는다고 생각해요. 그래서 그런지 이곳에서 만나는 사람들과 대화할 땐 평소보다 마음속 깊은 곳의 이야기를 할 수 있는 것 같아 기분이 좋아요. 그들을 통해 새로운 시선을 배우게 되고, 그로 인해 세상을 조금 더 배워가게 되거든요.

마지막 이유는 나이가 들어가면서 점점 종교적인 마음을 갖게 되는 저 자신을 발견했기 때문이에요. 조금 더 깊은 신앙심으로 이 길을 걸으며 종교를 가진 사람들과 대화를 나누고 싶었어요."

"당신은 꿈이 있나요?"

"음… 지금까지의 나는 항상 나 자신과 가족만을 생각하며 살아왔던 거 같아요. 그 외엔 그 어떤 것도 신경 쓰지 않았죠. 하지만 지금 이 나이가 되어보니 베푸는 법을 배우고 나누는 삶을 살아야 한다는 생각이 들었어요. 나만 잘 사는 건 큰 의미가 없다는 걸 깨달은 것 같아요. 아직 구체적인 계획은 없지만, 이제는 사회와 지구에 도움이 되는 일을 하고 싶어요. 그리고 가족 모두와 스페인에서 살아보고 싶어요."

그의 이야기가 끝나고 잠시 정적이 흘렀다. 에거트는 자신의 이야기를 듣고 있던 라라를 바라보며 나 대신 그녀에게 질문을 던졌다.

"라라, 당신은 왜 이 길을 걷나요?"

"저는 제 삶에 쉼표를 주고 싶었던 거 같아요. 그동안 너무 빠르게만 달려온 나를 잠시 멈춰 세우고 자신을 돌아보고 싶었어요. 난 쉴 틈이라곤 없었던 대학 생활을 마치고 바로 직장 생활을 시작했어요. 난 항상 내가 가진 한계를 시험하고 나를 그 끝으로 내몰곤 했죠. 그 결과 운이 좋게도 돈도 많이 벌고 성과를 이뤄냈지만, 어느덧 나 자신이 닳고 있다는 느낌이 들더라고요. 그래서 쉼표가 필요하다는 생각하게 됐어요. 놀랍게도 이 길을 걸으면서 생각했던 것 이상으로 매일 매일 나만의 방법과 속도를 찾아가면서 새로운 내 모습을 발견하고 있어요. 내가 왜 이 길로 떠나왔는지 점점 더 명확해지는 것 같아요."

"라라, 당신은 어떤 꿈을 갖고 있나요?"

"평소엔 막연하게 행복한 가정과 행복한 삶을 꿈꿨어요. 하지만 순례길을 걷기 시작하면서 태어나 처음으로 제가 제 삶의 주인공이 된 것 같은 자유를 느낄 수 있었어요. 처음으로 겪어보는 흥분과 설렘을 느낀 거죠. 그래서 이걸 꿈이라고 할 수 있을진 모르겠지만, 앞으로 계속해서 지금 같은 설렘과 떨림 그리고 행복을 느낄 수 있는 요소들을 일상생활 속에서 찾아가고 즐기고 싶어요."

Eggert Benedikt Gudmundsson · 아이슬란드 · 55세

Lara Noreen Nicolaysen · 독일 · 26세

SHORT THOUGHTS _ 재발견

●

하나만 알게 되면 답이 되고

두 개를 알게 되면 선택이 된다.

배움의 숫자가 늘어갈수록

지혜는 쌓여가고

지혜가 쌓일수록

현명한 선택을 할 수 있다.

하나만 알기에

하나의 답을 내는 게 아닌

하나만 있는 게 아님에도

하나를 선택할 수 있기를.

그렇게 자신을 끊임없이 재발견하는

내가 될 수 있기를.

CHAPTER 18 /

살아있음

에거트는 만나야 할 사람이 있다며 먼저 길로 나섰고, 라라는 조금 더 쉬겠다며 숙소에서 하루를 더 머문다고 했다. 넷이었던 우리는 산티아고에서 다시 만나길 약속하고 폴과 나, 둘이 함께 길을 나섰다.

숲속을 걸을 땐 사람 발걸음 소리 하나 없는 자연 소리만 가득했던 초반과는 달리 산티아고에 가까워질수록 길 위에 사람들이 많아졌고, 사람이 많아진 만큼 주변 소리도 다양해져 예전 같은 고요함을 느끼기란 쉽지 않았다. 한 번도 경험하지 못한 사람들로 북적한 길을 걸으니 조용했던 때가 그립기도 했지만, 또 나름대로 새로운 분위기의 길을 경험해볼 수 있어 재밌기도 했다.

폴은 그동안 보였던 밝고 유머러스한 모습보다-여전히 밝긴 했지만-사뭇 무거워진 분위기를 풍겼고, 덕분에 그와 진지한 이야기를 주고받는 시간이 많아졌다. 그는 영어 선생님이었는데, 글을 쓰는 프리랜서 작가로도 활동하고 있다고 했다. 짧은 단편 소설 위주로 써왔다는 그는 장편 소설을 준비하고 있다고 했다. 그의 글을 읽어보진 못했지만, 왠지 그를 많이 닮은 글이 가득할 거 같은 느낌, 깊고 진지하며 생각하게 하는 글이지만 너무 무겁지 않고 위트가 가득한 그런 글이지 않을까 하는 상상을 했다.

그와의 시간은 우리가 넷이었을 때와 마찬가지로 유쾌했다. 우리의 가볍고 무거운 이야기는 순간의 분위기에 맞춰 자연스럽게 서로에게 스며들었다. 그렇게 서로의 생각이 듬뿍 담긴 단어들은 문장이 되어 하나의 이야기를 만들었고, 그런 이야기가 쌓여가는 만큼 폴이라는 사람이 내 안으로 깊게 스며들고 있음을 느낄 수 있었다. 그도 똑같이 느낄지는 모르겠지만, 적어도 나는 그를 내 마음속 깊은 곳까지 천천히 안내하고 있었다.

그는 내 프로젝트를 어떤 결과물로 만들고 싶은지 물었다. 난 사실 처음에는 사진 전시를 위해 이 프로젝트를 기획했지만, 사람들의 이야기가 쌓여갈수록 사진보다 글이 주가 되는 결과물이 더욱 잘 맞을 거 같다는 생각이 든다고 답했다. 또 글이라곤 일기밖에 쓰지 않았고, 책과도 그리 가까운 사이가 아닌 내가 책을 쓴다는 건 한 번도 생각해본 적이 없는 일이라서 막연한 상태라고 말했다. 폴은 내 말에 가볍게 미소를 지으며 말했다.

"걱정하지 말아요. 할 수 있어요."

그는 내게 할 수 있다고 했다. 누구나 작가가 될 수 있고 글을 쓰는 데 있어 자격이라는 건 없다고 했다. 그리고 그는 내 마음을 울리는 한마디를 건넸다.

"단 한 글자라도 시작하는 순간부터, 1년이 걸리든 10년이 걸리든 그 글은 끝날 때까지 끝나는 게 아니에요."

그는 생각보다 많은 사람이 당신의 생각과 마음이 깃든 글을 기다리고 있을 거라고도 했다. 그의 말은 이 글을 쓰고 있는 지금 이 순간까지 내 등을 지탱하는 든든한 기둥이 되어주고 있다.

우리는 며칠을 더 함께 걸었다. 안개가 자욱한 풀숲을 지나고, 길게 뻗은 가로수 길을 걸으며 몇몇 작은 마을을 스쳐 지났다. 그러던 어느 날, 우리 앞에 산티아고를 가리키는 노란 화살표가 그려진 이정표가 나타났다. 산티아고까지 남은 거리는 약 15킬로미터. 우리는 근처 카페에서 잠깐 쉬기로 했다. 뜨거운 햇살을 피해서 그날은 커피 대신 콜라와 맥주로 열을 식혔다. 서로 아무 말 없이 앉아 있을 때, 난 먼저 그에게 말을 건넸다.

"폴, 우리 여기서부터는 따로 걸어요."

"왜요?"

"이제 산티아고까지 가는 마지막 길이니까요. 홀로 시작했던 것처럼 홀로 마지막 시간을 가지면 의미 있을 것 같아요. 우리, 산티아고의 성당 앞에서 만나요."

"좋은 생각이에요. 음… 그럼 동전을 던집시다?"

"동전이요?"

"네. 동전 앞면인 사람이 먼저 출발하고 20분 뒤에 남은 사람이 출발하는 거로. 길에서 다시 마주치면 웃기잖아요."

폴은 잠시 후에 만나자며 먼저 출발했다. 그의 뒷모습이 사라질 때쯤 나도 다시 길을 걷기 시작했다.

그 어느 때보다 천천히 길을 걸었다. 한 달이 넘는 시간 동안 800 킬로미터를 넘게 걸으며 스쳐 지난 사람들. 그중에 노트와 필름에 담긴, 조금 더 깊이 내면을 나누었던 사람들. 길 위에 흩뿌려졌던 고민과 여전히 머릿속에 남아 있는 생각들. 내가 무슨 생각을 했는지, 무엇을 느꼈는지, 무엇을 보고 무엇을 했는지. 걷다가 서다가를 반복하며 되돌아보는 시간을 가졌다. 선명하고 희미한 기억들이 이리저리 뒤섞여 정리를 위한 시간이 복잡해져 버리기도 했지만, 한 가지 확실한 건 있었다. 난 이 길이 너무 좋았고, 이 길 위에서 보낸 시간은 아름다웠다고 말할 수 있다. 분명히 길 위로 다시 돌아올 것이고, 이 길은 한 번으로 끝나는 게 아닌, 평생 함께해야 하는 길이라는 것. 지금 내가 걷는 이 길의 느낌과 40대가 되어 길을 걸을 때의 느낌, 그리고 삶의 끝자락에 가까이했을 때 길을 걷는 느낌은 분명 다를 테니 말이다.

흙길은 포장길이 되어갔고, 현대식 건물들이 주변을 가득 채우기 시작했다. 큰 배낭을 멘 순례자들보다 현지인들이 더 많이 보이기 시작하면서 난 도심에 들어섰음을 알게 되었다. 멀리서만 보이던 두 개의 탑이 세워진 성당이 점점 가까워지기 시작했다. 여느 유럽 도시와 다르지 않게 수많은 기념품 가게를 지나쳐 한눈에 들어오지 않을 만큼 거대한 성당 앞 광장에 도착했다. 여러 길을 통해 걸어온 모든 순례자들은 성당을 배경으로 사진을 찍고 있었고, 배낭을 베개 삼아 광장에 드러누운 사람들도 보였다. 나도 자리를 찾아 몸을 편히 눕히고 성당을 하염없이 바라보았다.

아무 생각이 들지 않았다. 그동안 산티아고에 도착하면 어떤 느낌일지 궁금했었는데, 정작 도착하니 아무런 생각을 하지 않는 나 자신이 당황스러웠다. 그래도 생각이 없으면 없는 대로 눈을 감고 멍하니 누워 있었다. 얼마 지나지 않아 누군가의 그림자가 내 얼굴을 가렸다. 폴이었다. 폴은 함박웃음을 지으며 나를 내려다보고 있었다. 우리는 짙은 포옹을 나눴다.

나는 폴을 따라 그가 미리 잡아놓은 숙소로 이동했다. 우리는 다시 광장으로 나가 성당 안을 천천히 둘러보며 주변을 산책했다. 그때 누군가 저 멀리서 내 이름을 외쳤다. 환한 미소를 지으며 우릴 향해 걸어오는 사람은 에거트였다. 우리 셋은 다시 짙은 포옹을 나누었다. 라라는 아직 도착하지 못해 아쉬운 대로 난 우리 셋이 담긴 사진을 보내주었다.

산티아고는 신비로운 마을이었다. 골목을 들어설 때마다 길에서 만난 사람들을 다시 만났고, 그때마다 우린 포옹을 나누며 인사를 했다. 북쪽 길을 함께했던 사람들을 만났을 땐 마치 가족을 다시 만난 기분이었다. 사람이 많이 없어서였을까 아니면 힘든 여정을 함께 겪어 온 전우애 같은 거였을까. 깊은 대화를 나누진 않았어도, 함께 걷진 않았어도, 한 번 마주쳤던 사람들을 길을 걷는 틈틈이 다시 만나곤 했었다. 처음엔 어색한 인사의 손짓을 보냈었다면, 두 번 세 번을 마주쳤을 땐 어색했던 손짓은 짙은 반가움이 깃든 인사가 되어 손을 흔들곤 했었다. 산티아고에서 그들과의 재회는 온기로 가득할 수밖에 없었다.

저녁을 먹고 숙소로 돌아가 몸을 뉘었다. 난 아무 말 없이 핸드폰을 뒤적거리다 옆 침대에 누워 있는 폴에게 물었다.

"폴, 당신은 이 길을 왜 걷나요?"
폴은 몸을 일으켜 벽에 기대어 앉아 이야기를 시작했다.

"예전 같은 에너지를 찾고 싶었어요. 나는 항상 활기로 가득한 사람이었거든요. 런던에서 매일 일하고 생활하던 어느 순간, 나 자신이 정체되었다는 느낌을 받았어요. 때마침 내 주변을 둘러보았는데, 다들 자기 일과 생활을 열심히 꾸려가고 있었어요. 그들과 비교하는 건 아니지만 나도 조금 더 나의 길에 집중하고 나만의 방향으로 걸어가고 싶었어요. 무력감으로 둘러싸인 모습에서 벗어나 힘이 넘치던 예전의 모습을 되찾고 싶었죠. 그러면 일단 몸을 움직여야겠다는 생각이 들어서 이곳으로 떠나왔어요."

"당신은 꿈이 있나요?"

"계속 살아있다고 느끼고 싶어요. 나는 몸을 움직일 때, 새로운 생각을 할 때, 그리고 여행을 하는 것처럼 나 자신이 조금 더 활동적일 때 살아있다는 느낌을 받거든요. 요즘은 나 자신뿐 아니라 이 느낌을 누군가와 함께 나누면 좋을 것 같다고 생각해요. 좋은 에너지라고 생각하니까요.

그리고 매 순간 최대한 후회하지 않을 선택을 하면서 살고 싶어요. 어떠한 선택을 한다는 건 선택하지 않은 다른 것에 대해 아쉬움을 남길 수밖에 없지만요. 나중에 나이가 들어 지금, 이 순간들을 떠올렸을 때, 하지 못했다는 후회보다는 실패하더라도 마음을 따른 선택들이 많았으면 좋겠다고 생각해요. 그러면 내가 조금 더 나답게 살았다는 느낌을 받을 것 같아요. 지금까지 그래왔던 것처럼요."

늦은 밤이 되어 나는 다시 광장으로 나왔다. 북적했던 낮의 풍경과는 다르게 깊은 고요에 빠진 광장을 서성였다. 성당도 올려다보고, 성당에서 한 블록 너머에서 들려오는 술 취한 사람들의 고성 소리도 듣고, 광장을 걷고 있는 내 발걸음 소리도 들었다.

잠시 하늘을 올려다보았다. 듬성듬성 보이는 별빛은 가로등 불빛에 지지 않고 반짝이고 있었다. 그렇게 혼자 조용히 길의 끝에 서서 처음으로 내가 산티아고에 있음을 실감했다.

난 나에게 말했다.

'끝났구나, 이 길이. 다음에 또 오자.'

Paul Lahert · 영국 · 40세

SHORT THOUGHTS _ 살아있음

●

살아있다는 느낌을 단어로 표현한다면 '두근거림'.

누구나 알 만한 뻔한 말임에도

'두근거림'만큼 이 감정을 표현할 수 있는 단어를

아직 찾지 못했다.

'두근거림'이란 하나의 추상적인 표현일 수도 있지만,

실제로 가슴이 쿵쾅대는 경험일 수도 있다.

누군가는 경험했고 이해할 수 있는 이 감정이

아직 그 여정에 서 있는 이들에겐 낯설기만 할 것이다.

두근거림을 경험하고자 하는 이들에게

조심스레 몇 마디를 건네어본다.

마음의 소리에 귀를 조금 더 기울여보라고.

작은 소리라도 들리는 곳이 있다면

주저 없이 다가가서 들어보고

소리의 높낮이를 경험해보고

조금 더 듣고 싶은 소리가 있다면

조금 더 머무르면서 가슴에 손을 올려 보라고.

나라는 사람은

한참의 시간이 지나고

삶의 궁지에 몰려서야

내 손에 계속 머물러 있던 게

가장 좋아하는 거란 걸 알게 되었다고.

여행길에서 꿈이 되었던 프라하의 삶처럼
순례길은 꿈의 길에서 현실의 길이 되었다.
3일의 여행이 3년의 삶이 될지 몰랐던 것처럼
한 달의 길이 평생의 길이 될지 몰랐다.

내일도 알 수 없는 세상에 살고 있는 나는
어제와 오늘의 순환 속에서
내일이 아닌 또 다른 오늘을 만들어 가고 있다.

알 수 없고 볼 수 없는 미래로 인해
때때로 불안이 나를 덮치기도 하지만
때때로 희망이 나를 밝히기도 한다.

내가 걸었던 길이 오직 나만의 길이었던 것처럼
당신이 걸었던 길도 오직 당신만의 길일 것이다.

나의 길과 당신의 길이 다르다 해도
길이라는 본질은 변함이 없고

나의 시간과 당신의 시간이 다르다 해도
시간이라는 본질 또한 변함이 없다.

하지만
내가 걷고 있는 길이 진정 나의 길인지
내게서 흘러가는 시간이 진정 나의 시간인지
깊은 내면의 나에게 묻고 또 물어 답을 찾아야 할 것 같다.

나만의 시간으로 길을 걷고 있다면,
내가 걸어보지 못한 다른 길도 있고
내가 겪어보지 못한 다른 시간도 있음을 발견하게 될 것이다.

그때 내가 할 수 있는 건,
그 다름을 질투하고, 무시하고, 배척하는 것이 아닌
인정하고, 존중하고, 받아들이는 것이리라.

그렇게 때로는 혼자서, 때로는 함께
길이 끝날 때까지 배워나가며 걸어가는 거겠지.

그러다 보면
나의 길과 당신의 길은 우리의 길이 되어
조금 더 따뜻하고 상쾌한 길을 걷게 되지 않을까.

CAMINO DEL NORTE

위치 까미노 델 노르떼(Camino de Norte)

       피니스테라(Finisterra)

       무시아(Muxia)

거리 1,000Km

기간 50일